心滿意足

戴沙夫、嘉安
華希恩、金竟仔 合著

天空數位圖書出版

目 錄

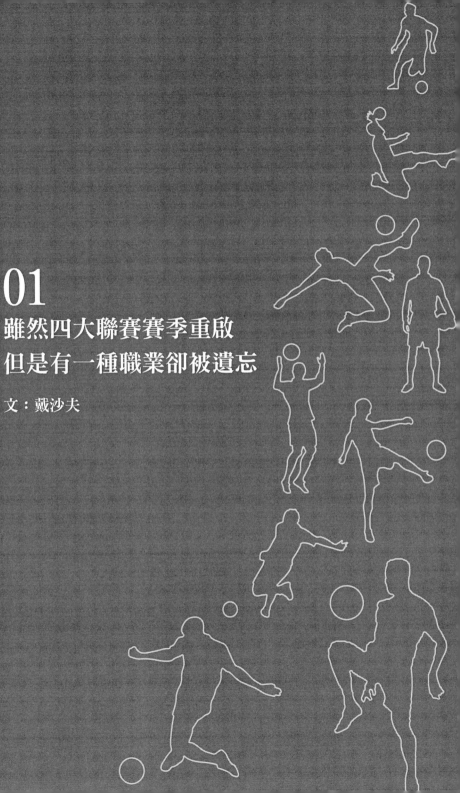

01

雖然四大聯賽賽季重啟
但是有一種職業卻被遺忘

文：戴沙夫

　　歐洲四大聯賽全部歸位，武漢肺炎對職業球壇的第一輪衝擊波，總算有所舒緩，奈何球市百廢待興，球員、教練、文職就算陸續復工，有個崗位恐怕短期內仍難維持生計，這就是為我們介紹無數超新星的「職業球探」（Scout）。

　　英超重啟前，外號「兵工廠」的阿森納大刀闊斧，炒掉 10 名兼職青年隊球探，同時與多名負責在歐洲聯賽找球員的球探解除合約。兼職不代表沒眼光，這群青年隊球探戰績彪炳，先後為球隊引入 Ainsley MAITLAND-NILES 和 Reiss NELSON 等新秀，將來轉一轉手至少賺數百萬鎊，甚至上千萬鎊轉會費。

　　諷刺地，阿森納青年隊兼職球探月薪只有 800 鎊，約 3 萬多新台幣，為何老闆連這微不足道的開支，也想盡辦法削減？

　　不僅如此，同樣擅長發掘初生之犢的巴薩，自 3 月聯賽停擺後，40 名員工已經「被休假」，部分員工在合約到期後，亦不會續約，預計約 20 人有機會留下來。被遣散的員工當中，部分是資深的星級球探，部分是月薪 600 歐元的兼職球探。球隊發言人明言：「裁員與疫情無關，目的是簡化收購球員的方式。」你信嗎？一直留意西甲動向的球迷都知道，巴薩債台高築，這理由難以令人信服。

　　四大聯賽之中，除了西甲之外，英超、德甲和義甲維持閉門作賽，直至賽季結束，盡量把場內人手減至最低，故此比賽已不可能容許職業球探進場。換句話說，由 3 月中至歐洲賽結

束前，主流賽事的球探其實無球可看，變相令這個職位可有可無。

乍聽，職業球探是百分百寓工作於娛樂的好工作，既可周遊列國看球賽，亦可賺取穩定的收入，甚至有機會與未成名的明星之星成為好友。目前，國際足壇的非全職球探市場價格，一般為日薪 125 歐元至 200 歐元，每月工作 12 至 20 日。

算一算，每個月球探收入約 4000 歐元，算不上富貴，但也是比上不足，比下有餘。然而，就算不是擔任全職球探，一年四季也要在外飄泊，別人休假時，你要工作，箇中苦處不足為外人道。另一點是，沒有球探的話，球隊收購新援時，風險會相對增加，而且被黑心經理人欺騙的機會亦隨之上升，弊多於利。

一支德甲小球隊告訴筆者，雖然他們的財政能力無法跟豪門相比，但目前仍然維持一支小型球探球隊，包括兩名全職和兩名兼職，冀能共度時艱，一同抗疫。

（寫於 2020 年 7 月）

心滿意足

02

Sánchez 與曼聯因了解而分手

文：戴沙夫

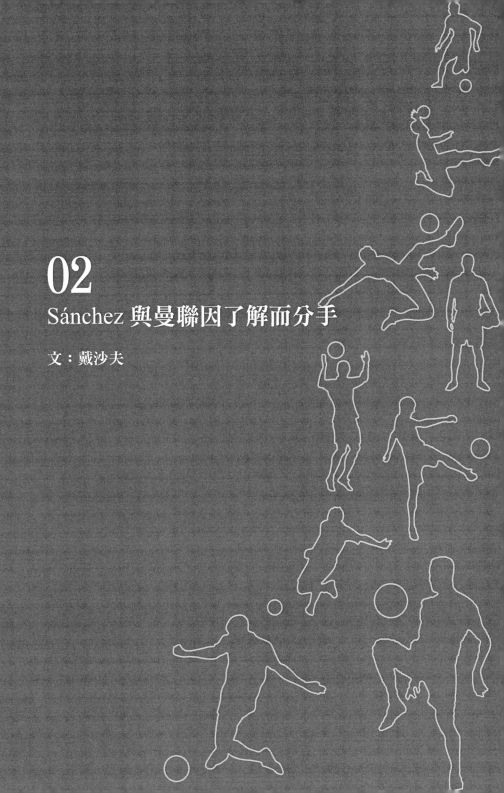

　　球員和球隊的關係，就像情侶般，有時會因了解而分手。今年夏天，智利前鋒 Alexis Sánchez 落實自由身離開曼聯，下賽季義甲豪門國際米蘭，就算年薪大減，仍羨煞旁人。畢竟，他離開阿森納後，似乎射術已今非昔比，到 31 歲還獲得 3 年合約，實在夫復何求？

　　「Sánchez 的長處是他的直覺，盤扭、射門、傳送，他的技術沒有退步，體能依然保持高水平，他需要空間發揮自己的長處。」總結昔日愛將轉會後的失敗，前阿森納總教練 Arsène Wenger 分析道。

　　Alexis Sánchez 與 Mesut Özil 的職業生涯，有很多相似的軌跡，兩人加盟兵工廠時年紀已不輕，也留下不少美妙時光，但忽然間表現變了樣，狀態急速下滑。撇開球場以外的因素，戰術和陣式上的變化是主要原因。由義甲、西甲到英超，Sánchez 的細膩腳法，路人皆見，過關斬將，綽綽有餘。

　　Sánchez 在烏迪內斯打出名堂，多數時間擔任右翼鋒，轉投巴薩後為了遷就活躍於右路的梅西，開始忽左忽右。自從加盟兵工廠後，他集中負責左路進攻，也顯示出有能力肩負十號大腦，最終再向前移一點，擔任前鋒。改投紅魔後，他延續了前鋒的角色，不同的是，以前有 Özil 和 Olivier Giroud，前者負責輸送，後者衝鋒開路。

　　可是，紅魔陣中具創造性的球員不多，Juan Mata 是其中之一，但上陣時間不多，如果要 Sánchez 長時間孤軍作戰，靠自己得分，那絕對不是他勝任的角色。這位智利前鋒效力兵工廠

時，平均每場射門最高接近四次，但是轉投紅魔後，兩個賽季
分別只有 1.63 次和 1.74 次，禁區內觸球次數明顯減少，難怪
進球寥寥無幾。

　　就算在 Ole Gunnar Solskjær 麾下，紅魔最厲害的也不是主
攻型打法，對 Sánchez 是吃力不討好。諷刺的是，他轉會後，
場均製造機會的次數，與兵工廠時期非常接近，意味著依然有
能力為隊友創造得分機會，但在租借到國際米蘭前的一個賽季，
其盤扭次數突然大跌，相信是信心受到動搖有關。平心而論，
Sánchez 的打法和風格早已定型，很難要求他改變自己去迎合
球隊所需，就如女生愛上一個花心男，就千萬別幻想自己去改
變他，然後要他做一隻有腳的鳥兒。

（2020 年 8 月）

心滿意足

03
超齡英冠聯賽新人王

文：戴沙夫

　　2020-21 年賽季的英格蘭冠軍聯賽在 9 月 11 日晚上開打，身為全球最受矚目和商業價值最高的次級足球聯賽，英冠本賽季多了一個新亮點，便是英格蘭低級別職業聯賽的人氣王 Adebayo Akinfenwa，以 38 歲之齡首次征戰英冠聯賽，這名號稱是足球界最「強壯」的球員勢必成為超齡英冠新人王，令球迷相當期待，不過關於這頭「野獸」的故事，大家又知道多少呢？

　　光是看他的名字便知道他是什麼人，Adebayo Akinfenwa 這名字充滿非洲色彩，他確實是在倫敦出生和長大的奈及利亞裔移民後代，父親是穆斯林，母親卻是基督徒。在這個本身滿是敵對色彩的家庭中，Akinfenwa 小時候曾跟隨父親成為穆斯林，可是反而是在齋戒月時受不了齋戒之苦而選擇多讀聖經及跟母親上教堂，最終「轉會」成為基督徒。

　　到了 19 歲的時候，剛從沃特福特青年軍出來的 Akinfenwa 聽從了經紀人的意見，竟然選擇到立陶宛展開職業球員生涯，效力當地的強隊 FK Atlantas。由於擁有超強的射門能力，以及非常健碩的身形，他在自傳中透露自己體重達 103 公斤，而且試過在舉重機舉起 180 公斤鐵塊，所以在立陶宛首個賽季便在盃賽決賽取得致勝球協助球隊奪冠。但由於肌膚顏色而被自家球迷歧視，所以 Akinfenwa 踢了 2 個賽季後便決定返回英國。

　　Akinfenwa 從小就是利物浦的球迷，前英格蘭國腳 John Barnes 更是他的偶像，不過由於他的腳法實在很一般，所以縱然身材相當出眾，也不可能實現為「紅軍」披甲上場的夢想。

回到英國後，他就不斷在低級別水平聯賽球隊「轉會」，當然有時候不是他自己希望如此。比如回到英國後效力的首支球隊是威爾斯超級聯賽球隊 Barry Town，他在 9 場比賽射進 6 球，為球隊奪得聯賽和盃賽冠軍，可是踢了不足半年就因為球隊遇上財政困難而被解僱。然後 Akinfenwa 在同一年竟然效力了 3 支英格蘭第四級別球隊，甚至試過沒踢過一場比賽便離開。所以從 2003-16 年期間，Akinfenwa 在 13 支英格蘭和威爾斯球隊踢球，有時候他是球隊的進攻核心和進球來源，當然也有無法發揮自身能力的時候而黯然退場，在這 13 支球隊當中是沒有一隊讓 Akinfenwa 效力超過 2 年的，英格蘭第三級別聯賽是他的職業生涯中征戰過最高級別的聯賽。

坦白說以這樣的履歷表來看，Adebayo Akinfenwa 只是一個球技不怎麼樣，且無法安定下來的一個普通球員。特別是他的巨大身形更被不少球迷視為笑柄，甚至把他誤以為是美式足球員和美國諧星演員 Eddie Murphy 的肥胖版。不過頭腦聰明個性樂天的 Akinfenwa 對此一笑置之，還說自己的確是踢「真的足球」，還有與其說是肥胖版的 Eddie Murphy，倒不如說是「健美版」更好。正因如此，Akinfenwa 反而散發出容易吸引他人目光的明星氣質，因此連 FIFA 足球遊戲都把他列作封面球員，與梅西和 C 羅等世界級球星並列。

直到 2016 年夏天，當時已經 34 歲的 Akinfenwa 跟當時還在英乙聯賽的韋康比流浪者（Wycombe Wanderers）簽約，竟然是他的職業球員生涯轉捩點。最初他只跟球隊簽約 1 年，以為這支球隊只是他的浪人生涯其中一站而已。不過他竟然一直

11

踢下去，在效力韋康比的第 2 個賽季進了 17 球，率領球隊升
上英甲聯賽，他也成為英乙賽季最佳球員。到了英甲聯賽，
Akinfenwa 維持不錯的進球率，還率領球隊在 2020-21 年賽季
首次征戰英格蘭次級聯賽，他也以 54 個進球成為球會史上進
球最多的球員。隨著他在今年夏天再與韋康比流浪者續約，他
將會在這支球隊效力 5 個賽季，正式擺脫了浪人的生涯。

2020 年對於全球大部分人來說或許是不堪回首，可是對
Akinfenwa 來說卻是人生的最高峰。38 歲的他將首度參與英冠
聯賽，而且愛隊利物浦也終於一圓英超冠軍夢，還獲得紅軍領
隊 Juergen Klopp 邀請以嘉賓身份參與勝利巡遊。雖然勝利巡
遊還不知道何時可以舉行，不過對於 Akinfenwa 來說，擁有難
以忘懷的 2020 年，確實是雖死無憾。而且在這個充滿奇蹟的
人身上，也許可以在本賽季的英冠聯賽繼續為球迷和球隊帶來
驚喜。

（2020 年 9 月）

04
為何全德國都討厭霍芬海姆

文：戴沙夫

　　上陣無父子，何況是一場正式比賽？德甲早前發生了幾十年難得一見的「互傳」奇景，拜仁慕尼黑和霍芬海姆球員在最後十幾分鐘比賽，互相傳球，隨處散步，完全沒有進攻意欲，直至 90 分鐘比賽結束。這不是一場假球，反而是彰顯體育精神的「壯舉」，因為極端球迷不斷侮辱霍芬海姆主席，主隊拜仁冒著被扣分之險，主動提出互傳完場。

　　位於德國西南部的小村莊，霍芬海姆人口僅 3000 多，竟能養活一支德甲隊伍，老闆 Dietmar Hopp 年輕時曾經效力，結下了不解緣，退役後於 1972 年創立 SAP 公司。SAP 逐步發展為頂級軟體供應與製造企業，這位老闆成為身家豐厚的富商，遂決定重新追逐足球夢。霍芬海姆從低級別聯賽衝上德甲，打過歐洲賽，打破了遊戲規則，在其他「守法」的人眼中，他們變為「不守法」的一群人。

　　甚麼是「50+1」政策？1998 年前，所有德國球隊採取會員制，以非牟利方式營運，禁止私人擁有。同年 10 月，德國足總允許球隊改制，但必須保持超過 50%話語權，藉此維持球隊歷史文化，確保在改建主場、隊徽和球衣顏色等重大決策，仍能保留重大的否決權。當然，否決權與控股權是兩碼子的事，總而言之，投資方不能獨大，用意是「球迷才是大老闆」，為歐洲五大留下了最後一根稻草。

　　作為足球最重要的持份者，球迷當然認同「50+1」政策，但反對聲近年有上升趨勢，因防礙了私人投資，間接影響球隊在歐洲賽上的競爭力。不過，當中也有豁免條款，如一家企業

或個人連續經營球隊超過 20 年，才不受「50+1」限制，轉而100%完全擁有球隊。

原因是德國足總認為要尊重歷史因素，日久見人心，20 年足夠看透一個人，是否真心想辦好足球，而非單單是利用足球隊圖利。沃爾夫斯堡和勒沃庫森都是獲豁免的例子，前者本身是福斯車廠的代表隊，整座城市也是二戰前為了安置大眾員工才建立；後者是拜耳藥廠代表隊，隊徽和球隊已經寫得明明白白。

順帶一提，萊比錫紅牛爭議與「50+1」有關，他們自 2009年成立，多年來獲紅牛集團注資，即使不夠 20 年，實際上沒違反條例。紅牛母公司擁有球隊99%股權，大部分投票權由會員持有，萊比錫成立時只有 9 名會員，全是紅牛高層，意味著50+1 有名無實，被找到法律上的漏洞。故此，霍芬海姆和萊比錫都是德國球迷的眼中釘，但前者近年加大了會員數量，總算給予「素人」入會，只是「素人」至今沒有投票權。

說回拜仁大勝 6:0 的奇景，極端球迷侮辱 Hopp，一部份人認為他們要維護公義，另一部份認為大家要遵守遊戲規則。然而，Hopp 不該與英義西的大老闆相提並論，首先他是真正基於情意結而收購球隊，數年前報道指出其投資總額逾 3.5 億歐元，根本難以回本，或者他可說是所謂的 benefactor，投資非以經濟利潤為目標。

適逢今年是 Hopp 入主 20 周年，再次觸發了球迷情緒，只是平心而論，其他德國球隊遵遊戲規則，同時允許企業為了利

益成為小股東，反而比起霍芬海姆更加商業化。世事沒有絕對的黑白，Hopp 違反了民主參與原則，但對足球的初心始終不變，局外人未必明白德國球迷的想法，正如香港人都不了解香港人為何要抗爭，何況是身在外地的香港人，甚至對香港情況一知半解的外國人？

（2020 年 7 月）

05
除了三浦知良，
他們也是踢到老

文：戴沙夫

　　日本國寶三浦知良在本賽季將會以 53 歲之齡重返 J1 聯賽，是史上年紀最大的職業足球員。除了三浦知良，另一名前日本國腳伊東輝悅也將以 45 歲之齡繼續職業足球生涯，至於跟三浦知良同隊的中村俊輔，在本賽季踢完一半之後也將渡過 42 歲生辰。另一方面，「小將」Gianluigi Buffon 也在本月末迎接 42 歲生辰，他們全都是足球壇的不老傳奇。除了這些耳熟能詳的名字，也有不少球員年過 40 歲還在職業足壇馳騁。

　　要數最接近三浦知良的老球員，一定非英國前鋒 Stanley Matthews 莫屬。他在第二次世界大戰前便為斯托克城上場，他在 1962 年 48 歲的時候還在英格蘭聯賽進球和獲選賽季最佳球員，踢到 50 歲才退役。他的最年長進球紀錄直到 2017 年才被三浦知良打破。

　　至於義大利足壇也有一名門將踢到 45 歲才退役，他是 Andrea Pierobon。雖然他沒有踢過義甲，職業生涯都只在義乙和義丙等次級聯賽渡過，不過他也成為義大利職業聯賽最老的守門員，連以 43 歲之齡在拉齊歐退役，綽號「爺爺」的門將 Marco Ballotta 也比不上，當然「小將」Buffon 能否超越他也不可料。

　　在世界盃範疇上，則有埃及門將 Essam El-Hadary 在 2018 年世界盃決賽圈成為世界盃史上最年長參賽球員。他在埃及對沙烏地阿拉伯一戰正選上場，打破哥倫比亞門將 Faryd Mondragon 在 2014 年一屆的 43 歲紀錄。世界盃非門將最年長上場的球員則是喀麥隆傳奇前鋒 Roger Milla，他在 1994 年世

18

界盃決賽圈更以 42 歲之齡取得進球，成為世界盃史上最年長進球者。

在現時的歐洲五大聯賽中，最年長的球員是法甲球隊蒙比利埃的巴西中衛 Hilton Hilton 在 1996 年便展開職業球員生涯，從 2004 年開始征戰法甲，踢過巴斯蒂亞、朗斯、馬賽，現年 42 歲的他從 2011 年轉投蒙比利埃便一直成為主力中衛，本賽季首 20 場法甲賽事全部正選上陣，而且只有 1 次被換下場，身為後衛的他更有 2 次助攻，可說是相當厲害。

亞洲足壇方面，日本中山雅史和韓國金秉址都在 45 歲的時候還在頂級聯賽踢球。與三浦知良同年出生的中山雅史在 2012 年的時候為札幌岡薩多在 J1 聯聯賽上場，成為 J1 聯賽最年長的球員。目前他還在 J3 聯賽球隊沼津青藍效力，不過效力 5 年來都沒有在正式賽事上場，反而專注擔任球隊 U18 隊教練和足球節目主持人。至於金秉址則在 2015 年的時候還是韓國頂級聯賽球隊全南天龍的主力門將，在韓國的地位恐怕只有今年將繼續為全北現代汽車上場的 40 歲前鋒李同國有機會挑戰一下。

（2020 年 3 月）

19

心滿意足

06
仍在綠茵場奮鬥的
韓日世界盃戰將

文：戴沙夫

心滿意足

距離亞洲首次舉行世界盃決賽圈已是十八年前的事，當年有份代表 32 支球隊參賽的 736 名球員隨著歲月的沖洗，差不多全部都已經變成 40-50 歲的中年人，不過當中仍然有 14 名球員目前仍然在職業足壇角逐，包括仍然在西甲馳騁的 Joaquin Sanchez 和永恆小將 Gianluigi Buffon，可說是相當令人欽佩。他們當中在十八年後的今天已經擁有輝煌的球員生涯，也有些是默默在足球路上努力到今天，就讓我們逐一數說一下他們吧。

年屆 42 歲的「小將」Gianluigi Buffon 是仍然戰鬥的 2002 年世界盃戰將之中最著名而且是最年長的一員，這位鎮守了義大利大門 20 年的傳奇門將，到今天居然還是世界最頂級的門將之一，雖然在剛過去的義大利盃決賽無法為尤文圖斯奪冠，可是表現仍然非常出色。Buffon 在 2006 年為義大利奪得第 4 次世界盃冠軍，本來有機會成為史上首名參與 6 屆世界盃決賽圈的球員，但由於義大利無法打進 2018 年決賽圈，令 Buffon 無法在傳奇生涯再添色彩。

除了 Buffon，還有 3 名參與過 2002 年世界盃決賽圈的門將目前仍然是職業球員，當中包括日本門將曾端準。曾端準在國家隊的履歷表跟 Buffon 不能相提並論，雖然有幸成為東道主球隊成員，可是順位排在楢崎正剛和川口能活兩名殿堂級門將之後，不過在 2002 年決賽圈沒能上場，最終也只有 4 次國際賽上場機會。反而他在球會級賽事就是傳奇，因為今年已是他效力鹿島鹿角的第 23 個年頭，即將 41 歲的他還能為球隊發揮餘暉。

在 2002 年入選奈及利亞大軍參與世界盃決賽圈的門將
Austin Ejide，連同後來 2010 和 2014 年的決賽圈，曾 3 次參與
世界盃決賽圈，可是一場比賽都沒能上場，因為在 13 年國家
隊生涯中他一直是備胎，只有 2008 年德國籍教練 Berti Vogts
領軍時才獲重用，2008 年非洲盃決賽圈也是 Ejide 唯一有份下
場的大賽。在 2009 年離開法乙球隊巴斯蒂亞後，Ejide 就轉戰
以色列聯賽，36 歲的他至今仍是 Hapoel Hadera 的主力門將。

另一名仍然征戰職業足壇的 2002 年世界盃門將則是厄瓜
多的 Daniel Viteri，現年 38 歲的 Viteri 從來沒有效力過外國球
隊，18 年前他獲選為國家隊三號門將，當然是沒有機會在日本
展現身手。後來他也只是國家隊的邊緣人，在 2007 年的世界
盃資格賽有機會上場，卻因為接不住委內瑞拉球員的半場射門
令球隊輸球，從此再沒有獲國家隊徵召，國際賽參與次數鎖定
為 5 場。

2002 年在韓國和日本舉行的世界盃決賽圈成為不少人的
回憶，在 736 名參賽球員當中，目前還有 14 人仍然在職業足
壇努力。筆者在上集介紹了其中 4 名門將球員，這次就跟大家
分享 Joaquin Sanchez 和 Emre Belozoglu 仍然馳騁的 5 名中場
球員。

Joaquin 可說是因為 2002 年世界盃而年少成名，這名來自
西班牙南部的快翼擁有驚人的盤球能力，在當屆世界盃舉行前
只有 3 次代表國家隊的經驗，可是以悅目的踢法令人留下深刻
印象。4 年後的德國世界盃決賽圈，Joaquin 已經成為國家隊主

力，並於世界盃後由貝蒂斯轉投瓦倫西亞，可是這一次轉會卻
成為職業生涯衰落的轉捩點。由於在新球隊表現不復水平，所
以在 2007 年後被排除在國家隊之外，也因此錯過 2008-12 年
間西班牙國家隊的盛世。後來他輾轉返回貝蒂斯才找回昔日光
輝，即將 39 歲的他目前仍然在西甲賽場相當活躍。

　　另一名在 2002 年世界盃決賽圈成名的中場大將是 Emre
Belozoglu，師承羅馬尼亞球王 Gheorghe Hagi 的 Emre 以超強
的定位球和傳送成為土耳其國家隊核心，是土耳其成為世界盃
季軍的功臣。後來他在國際米蘭和紐卡索聯都有不錯的發展，
雖然土耳其國家隊這些年來經歷了不少起落，Emre 一直是球
隊的主將，將於 9 月慶祝 40 歲生辰的他，如果不是武漢肺炎
所累的話，現在已經率領國家隊再戰歐洲盃決賽圈了。

　　目前還在作戰的 14 人之中，日本隊成員就有 3 位，除了
上回提及的曾端準，還有「黃金一代」戰將小野伸二和稻本潤
一。2002 年世界盃是小野伸二第 2 次參與決賽圈，當時他只有
21 歲，卻已經協助荷甲豪門費耶諾德奪得歐足聯盃。可是傷患
令小野沒能再進一步，在 2006 年世界盃決賽圈後便淡出國家
隊，並於 2010 年結束旅歐生涯後開始走下坡路。

　　稻本潤一情況跟小野伸二有點像，2002 年世界盃展開前 1
年，他獲得效力兵工廠的機會卻完全沒有上場，在 2002 年世
界盃出色表現令他獲得其他英超球隊垂青，讓他成為歐洲頂級
聯賽站得住腳的日本球員。後來因為傷患影響，在 2010 年無
法在法甲球隊雷恩立足後便返回日本，同年參與第 3 次世界盃

決賽圈後也離開日本隊，比賽表現也不斷下滑。到 2015 年，稻本在札幌岡薩多與小野會合，不復當年勇的他們成為球隊的「吉祥物」，到了去年隨著二人接連轉投低級別 J 聯賽球隊才分道揚鑣。

獲公認為沙烏地阿拉伯足球史上其中一個最佳球員的 Mohammad Al-Shalhoub 則是另一名仍然征戰中的球員，司職左翼的他在 2002 年以 21 歲之齡穿上 10 號球衣征戰世界盃決賽圈，可見他在球隊的地位，及後在 2006 年世界盃決賽圈也是球隊核心成員。現年 39 歲的他從 1998 年出道至今只效力希拉爾一支球隊，雖然近年已淡出主力陣容，仍然在球隊去年奪得亞冠錦標上盡心盡力。

2002 年世界盃決賽圈僅存戰將的門將和中場球員，筆者在前兩次撰文提及，餘下的就是介紹前鋒和後衛，當中包括神鋒 Zlatan Ibrahimovic 和傳奇前鋒 Sebastian Abreu。

被華人社會稱為「呂布」的 Ibrahimovic 的踢法和做人風格都確實與《三國演義》的戰場之神頗為相似，2002 年世界盃決賽圈時只有 21 歲的他仍是球隊的替補前鋒，霸氣仍未外露，4 年後的世界盃決賽圈他便成為瑞典國家隊的主力前鋒，可是還是沒有在決賽圈進球。後來「伊布」在歐洲足壇如何意氣風發和在美國如何霸氣盡露，就恕筆者不多費筆墨重覆了。本來他還有機會參與 2018 年世界盃決賽圈，可是由於他在 2016 年歐洲盃後已宣布退出國家隊，縱然後來表明希望歸隊卻已被拒之門外。今年重返歐洲足壇的他再次取得進球，成為目前唯一在

1990 年代、2000 年代、2010 年代和 2020 年代都有在正式比賽進球的人。

烏拉圭前鋒 Sebastien Abreu 也是著名的足壇怪傑，說得難聽一點，這名經常留著長髮的高大中鋒不收篇幅，外貌有點似乞丐，可是他連職業生涯也是四處流浪，在 25 年間踢過 12 個美洲和歐洲國家的 32 支球隊。而在國家隊方面，他在 2002 年和 2010 年世界盃決賽圈都是烏拉圭的替補前鋒，以強大的衝擊力成為球隊的秘密武器。

巴拉圭中衛 Julio Cesar Caceres 在 2002 年世界盃決賽圈便成為球隊主力，當時他只有 22 歲，到了 4 年後的德國世界盃決賽圈也是防線大將。及至 2010 年世界盃是他第 3 次參賽，可是他已經失去位置，只在 1 場分組賽有機會上場。職業生涯大部分時間都在巴拉圭、巴西和阿根廷聯賽征戰的 Caceres 曾短暫效力法甲球隊南特，現年 40 歲的他仍在出道球隊奧林匹亞阿松森為年輕隊友傳授經驗。

最後要介紹的這一位戰將狀況比較特殊，嚴格來說他其實不算是仍然征戰職業聯賽的球員，他便是前法國國腳 Djibril Cisse。當年只有 20 歲的 Cisse 入選法國國家隊大軍征戰 2002 年世界盃決賽圈，可是表現乏善可陳。4 年後本來他是法國隊的主力前鋒，卻在世界盃決賽圈開打前對中國的熱身賽遭鄭智踢斷了腿，無奈錯過德國世界盃決賽圈。直到 2010 年他仍入圍世界盃大軍名單，可是國家隊陷入罷訓醜聞導致成績相當差劣，Cisse 只在最後一場分組賽有機會下場，並從此淡

出國家隊。Cisse 本年在 2015 年和 2018 年兩度宣布退役，可是最近表示希望將個人法甲進球數增至 100 球（目前有 96 球），所以希望可以復出，但隨著法甲賽季提前結束，下賽季前景不明之下，38 歲的 Cissse 能否如願復出仍然是未知數。

（2020 年 12 月）

27

心滿意足

07

皇馬和尤文並存的
尼加拉瓜超級聯賽

文：戴沙夫

在中國武漢肺炎疫情在全球肆虐之際，國際足壇只有數個國家的足協選擇繼續舉行聯賽，除了突然成為全球最受歡迎聯賽的白羅斯超級聯賽，位於中美洲的尼加拉瓜超級聯賽也成為逆市奇葩。雖然尼加拉瓜在足球世界是微不足道的國度，在國際足聯排名（2020 年 3 月排名是第 151 位）上比中華足協（2020 年 3 月排名是第 138 位）更低，可是這裡竟然也有皇家馬德里和尤文圖斯，而且他們在尼加拉瓜超級聯賽只是下游份子，光是這一點便值得去看個究竟。

尼加拉瓜超級聯賽只有 10 支球隊，皇馬和尤文是其中兩支骨幹球隊，當然這兩支球隊只是名字跟在歐洲聯賽角逐的那兩支超級豪門球隊只是名字相近和相同而已，除了名字之外，其他所有方面幾乎毫無關連。先說一下皇家馬德里，這支球隊的正式名稱其實是皇家馬德里斯（Real Madriz），名字的最後一個字母跟「銀河艦隊」有差。那麼為什麼取這個名字呢？原來是因為這支球隊位處尼加拉瓜的馬德里斯省，而這個省是以該國其中一名前總統 Jose Madriz 命名。皇家馬德里斯在 1996 年建隊，由於有部分球迷是皇家馬德里的支持者，所以縱然尼加拉瓜不是帝制國家，後來也將「皇家（Real）」加在球隊名字上。

但皇家馬德里斯的成績跟皇家馬德里可說是差天共地，不僅從來沒贏過洲際和聯賽冠軍，連主場容量也只有 3,000 人，原因是這支球隊的所在地是馬德里斯省首府索莫托（Somoto）是人口只有 3.5 萬，與鄰國宏都拉斯只有 10 分鐘駕車距離的邊陲小城。皇家馬德里斯陣中有多名來自哥倫比亞的外援，此

外也有一名墨西哥中場和 2 名宏都拉斯前鋒,不過這些外援在
本國幾乎沒有職業聯賽經驗,實力自然也不怎麼樣,據報該隊
最高薪的球員也只有 350 美元月薪,所有球員年薪支出也只有
2 萬美元,所以在本賽季尼加拉瓜超級聯賽踢完 12 場比賽也
只有 13 分,在 10 支球隊中排在第 7 位。

　　至於尤文圖斯的情況比皇家馬德里斯好一點,尼加拉瓜版
尤文圖斯位於首都馬拿瓜,在 1977 年成立,到了 1990 年代中
期進入頂峰,在 1993 和 1994 年連奪尼加拉瓜超級聯賽冠軍,
在 1993 至 96 年連續 4 年參與中北美洲冠軍盃。可是後來尤文
圖斯降級,在乙級聯賽逗留了一段時間,到了 2011 年才以乙
級聯賽冠軍身份重返超級聯賽,不過也只能成為中游分子,期
間更出現過財政危機。這支球隊跟義甲豪門尤文圖斯基本上毫
無關係,只是「尤文圖斯(Juventus)」這名字在拉丁語的意思
是「年輕人」,才讓中南美洲有不少球隊以尤文圖斯命名。為
了跟其他尤文圖斯區別,尼加拉瓜的尤文圖斯在名字後方加上
馬拿瓜。尤文圖斯馬拿瓜本賽季踢完 12 場聯賽之後排在第 6
位,成績比皇家馬德里斯好一點點,陣中也有來自巴拉圭、巴
西、哥倫比亞、秘魯和墨西哥的外援,當中以 30 歲墨西哥中
場 Diego De La Cruz 的履歷表比較好一點,至少他是墨西哥超
級聯賽球隊藍十字(Cruz Azul)的青訓出身球員,也代表過藍
十字青年軍征戰墨西哥次級聯賽。

　　尼加拉瓜超級聯賽的王者則是 Diriangen,從 1940 年首次
奪冠起合共獲得 27 次冠軍,不過這支昔日豪門球隊已經不復
當年勇,在最近 16 年只贏過一次秋季聯賽冠軍(尼加拉瓜超

級聯賽從 2017 年開始分為春季聯賽和秋季聯賽）。近年來最成功的球隊則是 Real Esteli，他們以 16 次聯賽冠軍緊隨 Diriangen 之後，從 2006-07 年賽季起拿過 10 次聯賽冠軍，去年秋季聯賽王者也是他們。Real Esteli 擁有的外援在履歷表上也與皇家馬德里斯和尤文圖斯不能相比，Real Esteli 的哥倫比亞中場 Yohn Mosquera 曾為 3 支哥倫比亞甲級聯賽球隊上場，另一名墨西哥中場 Fabrizio Tavano 則為紐西蘭球隊奧克蘭城征戰過 3 屆世界冠軍俱樂部盃。踢完 12 場聯賽後，Real Esteli 排在第 2 位，只落後榜首的馬拿瓜 2 分，衛冕機會仍然很高。

08
白羅斯如何練成「世界第一聯賽」

文：戴沙夫

也許沒有球迷想到有朝一日，竟然會出現歐洲小國白羅斯（或稱白俄羅斯）的頂級足球聯賽成為世上最高水平聯賽的一天。沒錯，在全球因為中國武漢肺炎疫情而將足球聯賽停擺之際，只有白羅斯超級聯賽反其道而行，在 2020 年 3 月開打新一賽季比賽，而且還要是讓群眾自由進場看球，成為全歐洲唯一在疫情下仍然進行的頂級足球聯賽。在此文下筆之時，全球只有白羅斯、安哥拉、蒲隆地和尼加拉瓜聯賽還在踢，當中以白羅斯的國際足聯排名和國際知名度最高，因此在這段時間稱白羅超為世上最高水平的足球聯賽並不為過。

白羅斯是從前蘇聯的其中一個加盟國，在 1992 年蘇聯解體後獨立，並於當年展開首屆白羅超。在 16 支首屆參賽球隊中，只有明斯克迪納摩是來自最高水平的蘇聯超級聯賽，其餘球隊則是前蘇聯次級聯賽和白羅斯地區聯賽的球隊，因此明斯克迪納摩是白羅超初期的霸者，從 1992 至 97 年的 6 年間拿了 5 次冠軍。可是這支以國家經濟支撐的球隊在 1997 年奪冠後便衰落（迪納摩這名字本身便含有極重的蘇維埃意味），接著稱霸白羅斯聯賽的便是 BATE 鮑里索夫，迪納摩從 1998 至 2019 年間，只在 2004 年再度稱霸。

BATE 鮑里索夫在 1973 開始參與白羅斯聯賽，不過在 1984 年已解散 後來球隊在 1996 年重組並參與白羅斯第三級聯賽，連續 2 年取得升級資格，在 1998 年首次參與白羅超便奪得亞軍，翌年更在白羅斯史上最著名的球星 Alexandar Hleb 的協助下首次成為白羅斯超冠軍。由於在球隊表現出色，Alexandar Hleb 在 BATE 鮑里索夫踢了 2 個賽季後便轉投德甲球隊斯圖

加特，從而獲得後來登陸兵工廠和巴塞隆納的機會，也令白羅斯足球打進全球球迷的視界內。

2006 年開始，BATE 鮑里索夫便壟斷白羅斯足壇，創下聯賽 12 連冠的輝煌歷史。受惠於歐冠在前會長 Michel Platini 上任後推行讓小聯賽冠軍球隊更容易登上分組賽的政策，BATE 鮑里索夫從 2008-09 年賽季開始便成為歐冠或歐足聯盃分組賽的常客，從 2008-09 年賽季開始的 12 個賽季中，其中 9 個賽季都能參與分組賽。這不僅大幅提高球隊和白羅斯聯賽在國際的知名度，尤其是他們曾在主場擊敗拜仁慕尼黑和羅馬等歐洲頂級豪門球隊，而且從歐足聯獲得的轉播分成和獎金也讓 BATE 鮑里索夫成為白羅斯最富有和最受歡迎的球隊。

但 BATE 鮑里索夫在去年的歐冠資格賽出局， 轉戰歐洲聯賽也沒能打進分組賽，然後在白羅超以 5 分之差不敵貝斯特迪納摩屈居亞軍，13 年來首次失落聯賽錦標，而且在新賽季的聯賽首戰又爆冷落敗，皇朝似乎已走向衰落之路。

至於白羅斯最著名的球星 Alexandar Hleb 上賽季還有踢，年屆 38 歲的他在巴塞隆納失意後一直走下坡路，後回流英超和德甲也不復當年勇。Hleb 最近 10 年 4 次回歸 BATE 鮑里索夫，可是也是徒具名氣。去年他轉投另一支白羅超球隊 Isioch Minsk Raion，雖然他只踢了 13 場比賽沒有進球，不過也協助球隊獲得史上最佳的聯賽第 5 名成績。踢完上賽季後 Hleb 便退役，因此早前他便在訪問中吐槽說，不理解為什麼白羅斯聯賽在疫情下還要繼續踢。當然白羅斯人也是忌諱疫情，所以在

心滿意足

首輪聯賽的上座率也不理想，只有每場平均 1,309 人進場，比去年平均每場少接近 1,000 人，不過對於全球球迷很渴球的情況下，白羅超能繼續踢下去也是荒漠中的綠洲。

09
塔吉克聯賽，
台電的老對手

文：許思庭

　　土庫曼聯賽於 4 月 19 日重開之前，塔吉克高級聯賽是中西亞地區唯一仍然進行的頂級聯賽。新一屆塔吉克高級聯賽已於本月初開打，他們選擇開打的原因很簡單，就是塔吉克是全球僅有 15 個沒有武漢肺炎確診個案的國家之一。當然到底他們真的是沒有人確診還是因為沒有檢驗才「掛零」，就只有他們的政府才知道。不過無論如何，他們的足球聯賽還是如常進行。

　　塔吉克以往是蘇聯其中一個加盟國， 1991 年蘇聯瓦解後獨立，是「中亞五國」之一面積最小的國家，當地以往曾被伊斯蘭帝國、蒙古帝國、波斯帝國和俄羅斯帝國統治。塔吉克高級聯賽在國家獨立後翌年成立，首屆賽事有 12 支球隊參與，當中僅帕米爾中央陸軍（CSKA Pamir Dushanbe）是來自前蘇聯超級聯賽的球隊。帕米爾中央陸軍也是唯一參與過前蘇聯超的塔吉克球隊，他們在 1988 年蘇聯甲級聯賽擊敗莫斯科中央陸軍等 21 支球隊奪冠，得以在 1989 年首次參與蘇聯超。雖然他們在蘇聯超只是保級球隊，但還能連續 3 個賽季保級成功，直到 1991 年蘇聯瓦解。

　　由於擁有比其他球隊強的背景和實力，帕米爾中央陸軍順利取得首屆塔吉克高級聯賽的冠軍，同年也奪得塔吉克盃。到了 1994 年，塔吉克高級聯賽擴軍至 16 支球隊參與，令當地的足球氣氛更狂熱，帕爾米中央陸軍在此背景下，於 1995 年再度成為塔吉克足球的王者。可是帕米爾中央陸軍在 1996-97 年突然退出了聯賽，在 1998 年才重返高級聯賽，可是已經不復

舊觀，淪為聯賽中下游球隊，最佳成績也只是在 2001 年獲得聯賽季軍，以及 2009 年在塔吉克盃打進決賽。

塔吉克高級聯賽及後由不同球隊建立王朝， Varzob 杜尚別在 1998-2000 年連續 3 屆奪冠。雷加塔吉克冶鋁廠（Regar-TadAZ Tursunzoda）則在 2001-08 年間 7 次奪冠，且在 2005、2008 和 2009 年 3 次奪得亞足聯主席盃，其中 2005 和 2009 年兩屆均在分組賽擊敗台電。

緊隨其後雷加塔吉克冶鋁廠稱霸則是目前的皇者伊提洛爾（Istiklol），這支位於首都杜尚別的球隊在 2007 年才成立，由於是時任總統 Shohruh Saidov 的球隊，所以上升勢頭如火箭般，2008 年首次參與甲級聯賽便創下 27 場聯賽全勝和+147 球得失球差的驚人紀錄獲得冠軍。縱使在 2009 年首次征戰高級聯賽只獲殿軍，仍然能獲得塔吉克盃。在塔吉克語意思是「獨立」的伊提洛爾在 2010 年終於首嘗高級聯賽冠軍的滋味，並於 2011 年首次參與亞洲賽。在當年的主席盃分組賽先把巴勒斯坦、不丹和緬甸代表球隊淘汰，繼而參與在台灣舉行的決賽圈階段比賽。伊提洛爾在決賽圈與台電和土庫曼球隊巴爾干同組，結果以 2 比 3 不敵「台灣隊長」陳柏良壓陣的台電，然後以 1 比 1 打和巴爾干，無緣晉級決賽。

伊提洛爾雖然在 2012 和 2013 年失落聯賽冠軍，可是也有重大收獲。伊提洛爾在 2012 年再次打進主席盃決賽圈，並成為決賽圈主辦球隊。他們先擊敗吉爾吉斯和柬埔寨代表隊球隊打進決賽，並在決賽以 2 比 1 擊敗巴勒斯坦球隊 Markaz Shaba

Al-Am'ari，奪得球會史上首項錦標。當屆賽事也是最後一屆主席盃，令塔吉克聯賽以 4 次奪冠成為主席盃歷史上最成功的聯賽。

伊提洛爾在 2014 年起便成為塔吉克聯賽的巨無霸球隊，不僅連奪 6 屆聯賽冠軍，以 8 次冠軍超越雷加塔吉克冶鋁廠成為塔吉克聯賽最成功的球隊，而且在 8 次奪冠賽季之中有 4 次是不敗奪冠，189 場聯賽竟然只輸 7 場！從 2015 年開始轉戰亞足聯盃之後，伊提洛爾也在 2015 和 2017 年兩度打進決賽，可是兩次均以 0 比 1 敗在馬來西亞球隊柔佛和伊拉克球隊 Al-Quwa Al-Jawiya 腳下。

塔吉克高級聯賽球隊目前可以起用 6 名外援，大部分球隊都是聘請鄰國烏茲別克以及來自迦納和喀麥隆等非洲國家的不知名球員，只有伊提洛爾是起用有俄超和塞爾維亞超聯經驗的歐洲外援，陣中也有不少塔吉克國腳壓陣，所以本賽季開局相當順利，首兩戰全勝而且進了 9 球，沒有失球。加上他們在本年初的亞冠資格賽爆冷擊敗烏茲別克球隊塔斯干火車頭，雖然之後被沙烏地阿拉伯球隊淘汰，本賽季仍然要征戰亞足聯盃分組賽，不過也看到伊提洛爾的實力已經不是國內球隊可以企及，聯賽 7 連霸機會相當高。

（2020 年 4 月）

10
非洲足球獨苗 -
蒲隆地超級聯賽

文：戴沙夫

正當世界各地的足球聯賽因為中國武漢肺炎而停擺，何時復賽仍然無人能知之際，位於非洲中部的蒲隆地超級聯賽卻繼續營業，成為非洲大陸唯一還在踢的頂級聯賽。蒲隆地是世上最貧窮的國家之一，或許是因為無法負擔昂貴的檢疫支出，也或許是該國實在是鳥不生蛋之地，相對沒有太多遊客前往，所以該國到了4月初才出現3宗確診個案。當地足協在4月5日與16支超級聯賽球隊開會後宣布賽事繼續進行，除非疫情轉趨惡化，否則不會停辦比賽。

蒲隆地聯賽決定繼續進行，除了是該國政府和人民認為目前疫情還在可控制狀態，不應因此令生活受影響，另外還有兩個主要原因。第一個原因是蒲隆地本身是多災多難之地，該國在1972和1993年出現過2次種族大清洗，並爆發多次內戰和恐怖襲擊，加上1990年代跟鄰國盧安達因種族清洗事件爆發戰爭，以上皆是該國無法發展經濟的原因。不過縱使當地政局和社會狀況如此不穩，也只有在1973年因為種族大清洗無法展開賽季，以及2003年無法完成賽季而作罷。連戰爭和大屠殺都無法阻止蒲隆地聯賽進行，何況在該國逾1,100萬人口中只有3人確診的病毒呢？

另一個不停辦的原因是本賽季蒲隆地超級聯賽已到了最後階段，在本月25日便踢完最後一輪賽事，所以預計風險不大之下還會繼續比賽。另外該國的盃賽也進入4強賽階段，據英國廣播電台的報道指，暫定於本月18或19日舉行的盃賽8強戰重賽Musongati對Vital'O一戰將會吸引1.2萬名球迷進場。考慮到蒲隆地國家隊的成員幾乎都是在盧安達和肯雅等非

洲國家和比利時聯賽球隊效力，在沒有國腳球員壓場之下仍然
能吸引這麼多球迷進場，說明足球在當地的受歡迎程度。

　　蒲隆地超級聯賽在 1963 年開打，在 2010 年改為跨年制聯
賽。在曾贏過冠軍的 14 支球隊當中，有 11 支是來自前首都布
松布拉（Bujumbura）。截至 27 輪聯賽，位於北部城市恩戈齊
（Ngozi）的 Le Messager 以 55 分排在榜首位置，比少賽一場
的 Musongati 多 4 分，Le Messager 只要多贏 3 場比賽便可繼
2017-18 年賽季後再奪冠軍，至於 Musongati 如果可以後來居
上，則是首次成為全國冠軍。

　　至於 Vital'O 則是蒲隆地超級聯賽最成功的球隊，從 1979
年賽季首次奪冠以來，已經拿過 20 次聯賽冠軍。且在 1992 年
打進非洲盃賽冠軍盃決賽，雖然在決賽以 1 比 5 不敵象牙海岸
的阿比讓非洲體育會，可是已經成為目前唯一參與過非洲球會
盃賽決賽的球隊。不過近年 Vital'O 的成績不復舊觀，最近一
次奪冠已是 2015-16 年賽季。截至 27 輪聯賽過後，Vital'O 已
經落後 Le Messager11 分，肯定無緣爭奪冠軍，要重拾昔日的
輝煌只能寄望於下賽季。

（2020 年 4 月）

心滿意足

11
英超球隊風光
背後也會財困

文：鄭湯尼

建立於 1885 年的伯里足球會（Bury FC）是英格蘭其中一支歷史最悠久的球隊，可是這支球隊近年負債累累，到了今年 8 月終於撐不住，被英格蘭職業聯賽賽會取消參賽資格，成為近 27 年來首支被開除出英格蘭四級職業聯賽的球隊。或許是伯里在頂級聯賽角逐已是二戰前的事，所以在國際足壇沒有引起太多關注，不過部分曾經參與英超的球隊近年也遭遇過財政困難，還因此被罰分數，甚至走向衰落。曾經成為英超黑馬球隊的博爾登（Bolton Wanderers）最近也幾乎要步伯里後塵，幸好在最後關頭找到新老闆才免於「被逐」的厄運。

水晶宮 1998 年曾因為當時的老闆 Mark Goldberg 沒能提供健全的財政報告，成為首支曾參與過英超聯賽卻被接管的球隊。幸好後來事件得到解決，水晶宮也在 2004 年重返英超。但當初接管球隊的商人 Simon Jordan 在 2010 年 1 月也無法提供健全的財政預算，令球隊再次被接管，需變賣 Victor Moses 等球員還債，還被賽會扣 10 分，最終在當季只以 2 分之差逃過降落英甲聯賽的厄運。幸好後來有多名富有的球迷組織基金會解救水晶宮的財政問題，才讓這支倫敦球會回到英超行列。

女王公園巡遊者（Queens Park Rangers）是緊隨水晶宮之後出現財政問題的前英超球隊，他們在 1995 年離開英超，到了 2001 年 4 月進入被接管階段，同年 5 月更降落英格蘭第 3 級別聯賽。幸好在 1 年後他們獲得 1,000 萬英鎊高利息緊急借貸才擺脫困境，還在 2012 和 2014 年兩度重返英超。不過另一支前英超球隊布拉福（Bradford City）就沒有那麼好運了，他們在 1999 年首度升上英超，在當季最後一場比賽擊敗利物浦

才保住英超席位，可是或許這次保級反而害了他們，因為他們在下一賽季花了很多錢羅致 Benito Carbone、Dan Petrescu 和 Stan Collymore 等球星，可是沒有理想成績，在 2001 年以最後一名降級，而且這些收購令球隊債台高築，到了 2002 年已錄得 1,300 萬英鎊債務因此遭受接管。布拉福的財政問題愈來愈嚴重，到了 2004 年再次被接管，球隊也降到第四級別的英乙聯賽角逐，幸好近年布拉福已經逐漸回穩，在 2013 年重返英甲聯賽之後一直在第三級別聯賽比賽。

布拉福之後還有萊斯特城、德比郡、伊普斯維奇、溫布爾登、南安普頓、考文垂等球隊遭受接管，除溫布爾登被財團接收後遷移並更名為 MK Dons，其餘數支球隊皆在被接管後不久便走出困境。不過利茲聯和樸茨茅斯就沒有那麼好運了，利茲聯在 1992 年英超成立前拿下英甲冠軍，在英超成立初期還是有力挑戰錦標的球隊，在 2000 和 2001 年甚至打進歐足聯盃和歐冠 4 強賽。可是這些成績令管理層沖昏頭腦，為了繼續爭取佳績於是以高薪留住球員，也以高額轉會費羅致球員，可是當球隊成績無法維持下去，沒有高額獎金和轉播費支持下，財政問題便立即出現，解決問題的第一步方法是賤價賣走主力，結果財政問題仍然繼續，球隊成績不能維持，令利茲聯在打進歐冠 4 強賽的 3 年後便降級，到現在還沒能回到英超。而且降級令利茲聯的情況更困難，甫一降級便被逼賣掉訓練場和主場還債。他們希望立即重回英超藉此解決問題，可是偏偏事與願違，升級不成的利茲聯只能倚靠借用球員和短期合約球員支撐，惡性循環之下終於在 2007 年被接管，球隊也在當年再降到第三

47

級別的英甲聯賽,並需被畢馬威會計師行放售。他們在 2007-08 年賽季要以-15 分展開征程,幸好利茲聯也在 3 個賽季後重返英冠聯賽,近年在義大利財團接手後逐漸回到強隊行列,本賽季也成為升上英超的熱門球隊。

　　相反另一支前英超球隊樸茨茅斯就仍然在困難之中掙扎,這支在十九世紀便存在的老牌南部球隊在 2003 年終於升上英超,以一批昔日球星建立為一支足以保級,甚至在 2008 年獲得足總盃冠軍,因此打進歐足聯盃分組賽。但為了留住球星導致債台高築這戲碼又出現在樸茨茅斯身上,他們縱然賣掉高薪球星也無法挽救財政問題,換了老闆仍解決不了,結果在 2009 年成為首支被接管的英超球隊,當季也在動盪之下保級失敗。降級後的樸茨茅斯仍活在噩夢中,因為無論是後來接手的俄羅斯商人或是立陶宛銀行財團,也沒法為球隊帶來健全的財政,結果樸茨茅斯在 2012 年再次被接管,亦於當年再降一級到英甲聯賽,降級後幾乎所有球員都離開了,球隊也在當年 12 月因為財政問題被扣 10 分,結果他們連英甲席位也無法保住,2013-14 年賽季需要在英乙聯賽角逐。直到 2013 年 4 月,由球迷組成的信託基金接管球會,樸茨茅斯才終於結束第 2 次被接管。洗盡鉛華的樸茨茅斯到了 2017 年才回到英甲,上賽季也有機會參與英冠升級附加賽。

12
消失的歐洲三大盃賽

文：鄭湯尼

歐洲足聯在最近一次會議通過將會成立名為「歐洲會議聯賽」（European Conference League），將目前參與歐足聯盃不過國家系數較低的球隊放進這項新賽事，令「歐洲三大盃賽」再次復辟。以往歐洲足聯旗下也曾經兩度擁有球會級的三大盃賽，可是後來因為各項因素已經停辦，這些已停辦的賽事是歐洲盃賽冠軍盃（European Cup Winners' Cup）和國際托托盃（Intertoto Cup）。

看球日子較深的球迷相信不會對歐洲盃賽冠軍盃太陌生，顧名思義這是為各國盃賽冠軍而設的盃賽。歐洲足聯在 1960 年參照歐冠的成功模式，於是在 1960 年舉辦首屆歐洲盃賽冠軍盃，讓歐洲各國的盃賽冠軍聚在一起較量。但由於當時有些國家其實還沒有盃賽，所以只有 10 個國家的盃賽冠軍參加，最終義大利的佛倫提那成為首屆冠軍。後來各國都設立盃賽並讓冠軍球隊參加，這項盃賽才開始受重視，西班牙的巴塞隆納在 1979、1982、1989 和 1997 年 4 次奪冠，是這項賽事奪冠次數最多的球隊。

不過對於部分國家球隊來說，盃賽的重要程度不及聯賽，令這項盃賽始終沒有歐冠那麼受重視。到了 1990 年代由於歐洲足聯銳意擴大歐冠及將歐冠精英化，先以巨額獎金吸引參賽球隊更認真看待歐冠，後來更擴大至歐洲主流聯賽的亞軍球隊可以參加，及後更發展為目前囊括歐洲所有聯賽冠軍及前列球隊，因此實力較強和名氣較大的球隊對歐洲盃賽冠軍盃再也提不起任何興趣，特別是當某一隊同時拿走聯賽和盃賽冠軍的時候，所有球隊都選擇放棄盃賽冠軍盃參與歐冠，這些球隊留下

的參賽席位由該國的盃賽亞軍補上，這樣就已經令盃賽冠軍盃的競爭力和吸引力進一步下降，而且這些補上的亞軍球隊也許只是在上賽季參與盃賽時籤運不錯或當時發揮超水準，有些球隊可能本身只是該國聯賽的中游甚至下游份子，再者經過盃賽表現不錯後更有可能因為主力被挖走導致實力進一步下滑，這些實力平平的球隊參與歐洲盃賽冠軍盃變相令比賽淪為平民盃賽，因此當 1999 年義甲球隊拉齊歐在決賽擊敗西甲球隊馬約卡首次奪冠後，這項賽事正式劃上句點。

另一項曾出現過的歐洲盃賽是國際托托盃，其實這項盃賽在 1961 年已開打，創辦人的原意是希望讓歐洲各國沒拿到聯賽或盃賽冠軍的球隊，在暑假期間聚在一起舉行「無盃者冠軍盃」，並獲博彩公司大力支持，因此盃賽名稱也叫「Toto」盃，Toto 在德語就是「彩池」的意思。到了 1995 年歐洲足聯決定將這項賽事收歸旗下，由於當時已有歐足聯盃（UEFA Cup），讓歐洲各國的「無盃者」爭奪，因此參與國際托托盃的球隊是連歐足聯盃參賽資格都沒有的歐洲各國球隊。為了增加競爭力，托托盃冠軍獲發參與歐足聯盃資格，結果由球王 Zinedine Zidane 領軍的法甲球隊波爾多以首屆托托盃冠軍身份參與 1995-96 年賽季的歐足聯盃，並於當屆打進 4 強賽。不過即便如此，歐洲主流聯賽球隊對國際托托盃的反應很冷淡，因為這項盃賽是在聯賽賽季前舉行，參與這項盃賽需要提早展開操練，從而將賽季期拉長，嚴重影響賽季備戰。所以縱使在 1999 年歐洲盃賽冠軍盃結束後，國際托托盃成為歐足聯第三大盃賽，仍然得不到大部分球隊和球迷的重視，特別是英格蘭和蘇格蘭

等多國球隊總是有球隊放棄參賽。於是到了 2007 年，當時的歐足聯主席 Michel Platini 宣布在 2008 年一屆賽事結束後，國際托托盃正式結束，並以擴大歐足聯盃資格賽規模取而代之。在 2008 年最後一屆賽事共產生了 11 支冠軍球隊並參與當年的歐足聯盃，只有葡超球隊布拉加晉身 16 強，是 11 支球隊中成績最佳，因此成為總冠軍。光是賽制這麼複雜和兒戲，就註定國際托托盃沒有太大的存在價值。

13
足球場上的安徒生

文：嘉安

心滿意足

　　丹麥菲因島是兩個 Christian 的故鄉，一個是全世界都認識的童話故事巨匠 Hans Christian Andersen（安徒生），一個是球場上的「安徒生」Christian Eriksen，擅長為隊長創造童話。

　　1992 年是丹麥足球童話的一年，爆出大冷門勇奪歐洲盃，Christian Eriksen 生於同年 2 月 14 日情人節，看來生命中與童話難以分開。老 Eriksen 是足球啟蒙老師，小子年僅 3 歲被帶到球場，然後開始第一次踢球，逐漸培養出自己的創造力，並以丹麥足球天尊 Michael Laudrup 和 Brian Laudrup 兄弟作為榜樣。

　　年僅 13 歲的小 Eriksen 前往 Middelfart G&BK 試腳，渡過 3 年，馬上被視為足球神童，之後 3 年仍選擇留下，直到 2008 年加盟阿賈克斯青年軍，這是北歐新秀最喜歡前往的兵工廠。他擅長製造空檔、洞察比賽形勢，與隊友巧妙配合，作出妙不可言的傳送，更重要是能夠協調團隊的攻守平衡，場上的想像力可媲美安徒生。

　　Eriksen 擢升阿賈克斯一線隊後，不久站穩陣腳，先後獲得荷蘭盃、荷蘭超級盃及 3 次荷甲冠軍。當比賽進入關鍵階段，他依然能心如止水，送上絕殺助攻，總共上陣 163 場，打進 32 球，貢獻 65 個助攻，合共直接間接炮製超過 90 球。克羅埃西亞人 Luka Modrić 被視為 Pirlo 後最厲害的中場大師，繼承者或許是 Eriksen。

2013 年，他由荷蘭到來英國，改投倫敦黑馬熱刺，藉此登上更光更熱的舞台。7 年過去，丹麥人交出 62 個助攻，同期高於其他球員，總共創造 571 次進球機會，同期比起 Hazard 更多，並踢進 8 粒自由球進球，也是同期球員中最多。雖然最終沒能為熱刺打破冠軍荒，但也能打進聯賽盃決賽，以及上賽季歐冠聯決賽。

時至今日，Eriksen 已是丹麥足球靈魂人物，4 次當選丹麥足球先生，若非萊斯特城守護神 Kasper Schmeichel 殺出成攔路虎，他很可能由 2013 年起壟斷這個獎。還有曾在都柏林上演帽子戲法，領軍取得 2018 年世界盃決賽圈席位。

人來人往，難會白頭到老，Eriksen 去年冬天與熱刺結束 7 年情，轉投義甲勁旅國際米蘭，成為隊史第 4 位丹麥外援。

（2020 年 2 月）

心滿意足

14
初登大雅之堂的吉布迪

文：嘉安

心滿意足

足球在大部分非洲國家都是最受歡迎的活動，但由於經濟和內戰因素，不少國家在上世紀中葉擺脫殖民地身份獨立後很多年才參與國際賽，位於東非索馬利以南的吉布迪（Djibouti）就是其中一個例子。他們以往在各項比賽都難求一勝。不過自從法國籍教練 Julien Mette 去年接手國家隊並起用年輕球員後，吉布迪竟然在世界盃資格賽首圈淘汰史瓦帝尼（前稱史瓦濟蘭），晉級次圈資格賽分組賽，阿爾及利亞、布吉納法索及尼日三國交手，以爭奪決賽圈席位。

吉布迪在 1977 年便脫離法國獨立，到了 1983 年才參與獨立後第一場國際賽，對手是衣索匹亞，可是作客輸了 1 比 8。不過 2 天後雙方再度交手之時，吉布迪以 4 比 2 取得史上首場勝利。到了 1988 年，吉布迪以 4 比 1 擊敗南葉門，是他們足球史上最大勝利。可是在這之後因為財政和內戰問題，吉布迪沒有參與國際賽長達 6 年。他們首次參與非洲盃已是 2000 年的一屆資格賽，參與世界盃資格賽則從 2002 年一屆才開始。踏進 21 世紀直到去年世界盃資格賽開打前，吉布迪竟然只贏過 2 場比賽。

年僅 38 歲的法國人 Julien Mette 在去年 4 月上任吉布迪國家隊總教練，他沒有在法國執教的履歷，之前只執教過 2 支剛果聯賽球隊。他得以成為吉布迪國家隊總教練，也是因為跟前球會合約完結後到吉布迪旅遊期間走訪當地的足球設施、觀看當地的足球聯賽以及拜訪足協主席 Souleiman Hassan Waberi 後，花了 5 天時間考慮後決定接受挑戰。Mette 希望將吉布迪國家隊改革，所以看了多場甲級和乙級聯賽後挑選比較聰明和快速

的球員。另外他透過法語電台廣播在海外呼籲有吉布迪血統的球員接受歸化，曾經入選比利時 15 及 16 歲以下代表隊，以及踢過亨克青年軍的 Warsama Hassan 就是其中一名歸化球員。

這支吉布迪新軍的首項挑戰是去年 7 月開打的非洲盃資格賽，對手是衣索比亞，這場比賽入選的 25 人大軍中，只有 3 名球員是前任總教練率領的最後一場比賽還有入選的。結果吉布迪先在主場以 0 比 1 輸球，1 個星期後作客則 3 比 4 落敗，以總比分 3 比 5 出局。 接著吉布迪在去年 9 月舉行的世界盃資格賽首圈跟史瓦帝尼爭奪出線席位，吉布迪在首回合先由 Mahdi Mahabeh 在上半場完結前射進 12 碼球取得領先，雖然對手下半場追平，Abdi Hamza 在 74 分鐘的進球令吉布迪以 2 比 1 取勝，是吉布迪自 2007 年以 1 比 0 擊敗索馬利後，史上第 2 場世界盃賽事勝利。吉布迪次回合作客史瓦帝尼，結果以 0 比 0 打平，總比分以 2 比 1 晉級，也報却上一屆世界盃被對手以總比分 1 比 8 淘汰的屈辱。及後吉布迪在非洲盃資格賽首圈與甘比亞爭奪出線資格，吉布迪在兩回合賽事都與對手打成 1 比 1 平手，可惜在互射 12 碼球落敗，無緣再進一級。可是在 2019 年 10 場比賽取得 2 勝 2 和 6 負，已經比此前 11 年 6 任總教練執教下的 29 場比賽只有 1 勝 1 和 27 負的成績大有進步。

（2020 年 1 月）

心滿意足

15
南野拓實該踢甚麼位置？

文：嘉安

今年冬季，利物浦僅花 750 萬鎊轉會費，由奧地利球隊薩爾斯堡紅牛羅致南野拓實，誕生紅軍史上首位日本外援，但他該踢甚麼位置呢？

來自大阪泉佐野市的南野拓實，年僅 25 歲，有三個哥哥，小時候已違抗哥哥們的「命令」，硬著頭皮跟他們一同訓練，與高年級球員一同比賽，三年班立志要做足球員。「他是那種很罕見的球員，一直要求自己不斷地提高水準，即便在同一層次已是高水準。」南野前教練吉川慶太說。

回首大阪櫻花的青訓營，南野的爆發力令人難以置信，又不惜氣力死纏對手，即便在強調團隊協作的日本足壇，依舊展示出強烈的侵略性。時任大阪櫻花的巴西籍總教練 Levir Culpi 對南野欣賞有加，並在愛將讀高中時，對陣大宮松鼠的雨戰中將其替換上場。登場前，主帥告訴只有 17 歲的南野，要在雨戰改變角色，由前鋒改為 4-3-3 陣式的翼鋒。

突如其來的變化，啟動了南野在防守意識，他憶述：「記得青年隊時期，我從來都沒在邊路踢球，一開始我整個人也不知所措，感覺自己距離球門太遠，又不知道如何防守。」職業生涯初期，南野是血氣方剛的少年，性格衝動，進入櫻花隊一線隊的前 3 個賽季，他已經兩度被罰紅牌，絕對不是想像中的一帆風順。

轉到歐洲，南野拓實打開了眼界，並在薩爾茨堡紅牛學會攻守俱備，融入壓迫戰術，表現出紀律性，球場上一舉一動就

像訓練場上一樣準確。他了解足球的運作，懂得如何執行戰術決策，強大的活動能力是他的優勢。他是憑實力立足奧地利，上陣 199 場，踢進 64 球，交出 44 次助攻，非常厲害的數據。

在重要大賽，他總是面無懼色，2018 年對烏拉圭，面對 Godin 領銜的防線，梅開二度，率領藍武士險勝 4:3。2019 年亞洲盃，日本在決賽落敗，但他為日本踢進唯一進球，而且 4 場世界盃資格賽計攻入 5 球，說明他是稱職的攻擊手。

本賽季歐冠聯，利物浦對上薩爾茨堡，南野的全面性使 Klopp 感到左右為難。當球隊向前反攻，日本人能利用無球跑位，插入紅軍的腹地，引開後衛。在紅軍的更衣室，球員紛紛對這位矮小日本人讚不絕口。南野加盟紅軍後，最精彩一仗是作客切爾西，貢獻兩次攔截、三次鏟斷、三次過人，還有一次關鍵傳球，分數是合格以上。

究竟他要打甚麼位置呢？「南野在 Mohamed Salah 或 Sadio Mané 的位置，皆不是最佳位置，因這兩個位置都需要爆發力和突破力。」薩爾斯堡主帥 Jesse Marsch 給予建議：「我認為 Roberto Firmino 的位置最適合他，他可以向前壓迫，有球在腳時可扮演 10 號角色，組織攻勢，甚至闖進禁區得分。Firmino 所做的工作，南野一樣做得到。」

（2020 年 6 月）

心滿意足

16
30 年前冠軍陣容人在何方？

文：嘉安

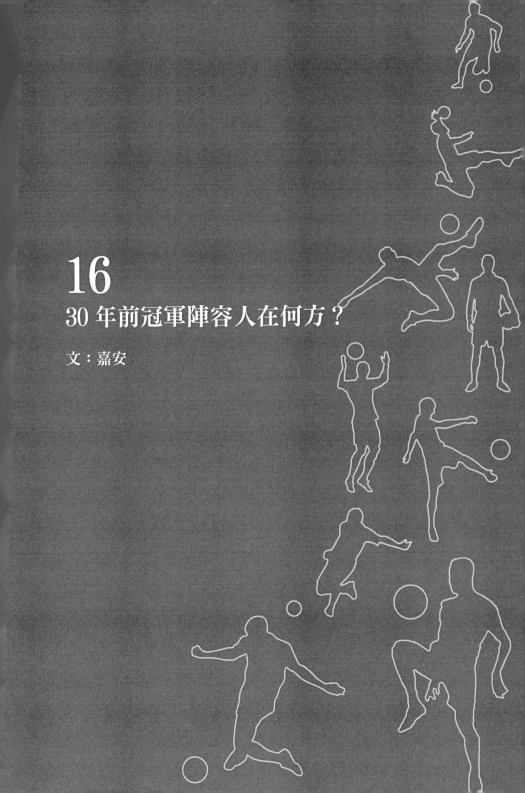

歲月不留人，利物浦上一次奪得英格蘭頂級聯賽冠軍，已是 30 年前往事，當年奪魁功臣大都是五六十年代出生，職業球員掛靴後要不是做教練，就是當球評，但當中也有例外⋯

Bruce Grobbelaar 1957 年

神經刀門將 Grobbelaar 直至 1994 年離開紅軍，先後效力南安普頓、牛津聯、謝菲爾德星期三等中小型球隊，逐漸淡出球迷視線，但曾在 3 年後捲入假球風波，最終被判無罪。他來自非洲辛巴威，退役後曾到南美任教，但不太成功，上一份工作是 2018 年 5 月擔任祖國球隊 Matabeleland 的守門員教練。

Gary Ablett 1965 年

十年生死兩茫茫，何況是三個「十年」。英格蘭後衛 Ablett 擁有一個名留千古的里程碑——史上唯一一個為利物浦和埃弗頓贏得足總盃的球員，因為他在紅軍奪得聯賽後兩年轉投同城死敵，之後又過太妃糖的青年軍和利物浦的預備組，難得「吃盡兩家茶禮」。可惜，他在 2012 年不敵淋巴癌離世，年僅 46 歲。

Steve Staunton 1969 年

前愛爾蘭國腳 Staunton 奪冠後一年離開，並在阿斯頓維拉獲得兩次聯賽盃錦標，1998 年重返紅軍，效力兩個賽季，至 2005 年在沃爾索爾掛靴。2013 年，這位後場多面手離開桑德

蘭的球探崗位後，便嘗試創業，開設個人的足球學校，惟經營不善，3 年後宣佈破產，最近一次露面是送別足壇名宿 Jack Charlton。

David Burrows 1968 年

英格蘭左後衛 Burrows 於 1988 年由西布朗加盟紅軍，身價 55 萬鎊，初期活在 Staunton 的陰影之下，即使擁有冠軍頭銜，卻從未代表過大國腳，並在 1993 年轉投西漢姆聯，輾轉效力埃弗頓、科芬特利城、伯明翰等，後來因傷退役，並攜家人移居法國，徹底遠離足球。

Steve Nicol 1961 年

前蘇格蘭國腳 Nicol 在紅軍服務 13 年之久，上一代球迷應對他略有印象，直到 1994 年，他以教練兼球員身份轉投諾士郡，之後去過謝菲爾德星期三和唐卡斯特。Nicol 師承英雄教練 Bob Paisley，球員生涯尾聲階段，決定到美國闖一闖，先踢後教，由 2002 至 2011 年都是新英格蘭革命的總教練，拿過一次美職聯最佳教練，目前是 ESPN 美國地區的球評家。

Barry Venison 1964 年

1986 年，Venison 以 20 萬鎊由桑德蘭加盟紅軍，準備取代右後衛 Mark Lawrenson，奪得英超後兩年就改投紐卡索聯，直到 1997 年在南安普頓引退。他做過電視球評，客串過喜劇，

2003 年移居美國，華麗轉身，成為房地產經紀，之後又重返足壇成為技術總監，近年鮮有露面。

Gary Gillespie 1960 年

別誤會，前蘇格蘭後衛 Gary Gillespie 與前曼聯翼鋒 Keith Gillespie 沒有任何血緣關係。他在紅軍奪冠時已是一名老將，一年多後加盟些路迪，最後一支球隊是高雲地利，踢了 3 場比賽就因嚴重受傷被迫掛靴。目前，他分別服務 BBC 電台和利物浦電視台，專門分析前東家的比賽。

Alan Hansen 1955 年

蘇格蘭傳奇 Alan Hansen 自 1977 年加入紅軍，轉會費 10 萬鎊，在當時已是非常轟動，但直至 1991 年 3 月因傷退役，14 年過去，肯定物有所值。他能踢善辯，很快就成為 BBC 主力球評，服務了 22 年之久，成為很多後來者的模仿對象，並在 2014 年離開直播室，當時仍未滿 60 歲。

Glenn Hysen 1959 年

九十年代英格蘭足壇充斥北歐外援，瑞典後衛 Hysen 是其中之一，首個賽季已為紅軍獲得聯賽錦標，1993 年匆匆回國落班，原因是新教練 Graeme Souness 關係欠佳。一年後，他宣佈告別足壇，並開展了「斜槓人生」，集教練、球評和真人秀節目明星於一身，60 歲依然老當益壯。

Steve McMahon 1961 年

經典中場 McMahon 效力紅軍 6 年，奪冠 18 個月轉投曼城，1994 年「降格」加入斯溫頓，成為教練兼球員，並成功領軍升上英甲，更兩度成為 Football League Trophy 盃賽盟主，2005 年勇闖澳洲足壇任教。他的執教生涯苦無突破，決定成為 ESPN 亞洲地區球評，近年處於半退休狀態。

Ray Houghton 1962 年

紅軍在 1990 年獲得頂級聯賽後，主力大都在之後的 1 至 2 年離開，愛爾蘭中場 Houghton 亦不例外，更隨維拉獲得聯賽盃和足總盃，天生冠軍命。他在 2000 年掛靴，活躍於不同球評平台，包括《天空體育》、利物浦官方電視台、RTE 和 talkSPORT 等，無意轉向教球發展。

Ronnie Whelan 1961 年

愛爾蘭中場 Whelan 自 1979 年加入紅軍，1994 年離隊，經歷了王朝的高低起跌，兩年後在紹森德聯結束球員生涯，積極向教練方向前進。可是，這位深受球迷愛戴球員，執教生涯發展未如人意，先教希臘被炒，再到塞普勒斯兩度任教，依然沒有起色。此後，他既在愛爾蘭講球，也會擔任宴客主持人，口才了得。

Jan Molby 1963 年

前丹麥國腳 Molby 自上世紀八十年代加盟，成為最後一批離開的冠軍隊成員，奈何之後的 6 年，只贏過一次足總盃，並在斯旺西擔任球員兼教練。他回國前曾率領小球隊 Kidderminster Harriers，升上職業聯賽，之後短暫任教赫爾城，目前是丹麥電視球評。

Ronny Rosenthal 1963 年

以色列名宿 Rosenthal 外號「火箭」代表國家隊達 60 次，在 1994 年離開紅軍，先後効力熱刺和沃爾福特，5 年後退出江湖。與其他退役後回國的外援不同，他選擇定居英國，成為足球經理人和顧問，近年已是光頭漢，看來「十個光頭九個富」是真的。

John Barnes 1963 年

英格蘭黑人翼鋒 Barnes 於 1997 年離隊，期間贏過足總盃和聯賽盃錦標，在紐卡索聯與前帥 Kenny Dalglish 故劍重逢，球員最後生涯効力查爾頓。Barnes 有心做個出色教練，但在塞爾提克、牙買加國家隊和燦美爾都鬱鬱不得志，後轉型講球，並積極為其他黑人主帥發聲和平權。

Peter Beardsley 1961 年

　　腳法秀麗的 Beardsley 奪冠後只是多留了一個賽季，便轉投同城死敵埃弗頓，成為史上第 2 位能夠在德比戰為兩支球隊破門的球員。之後，他轉投紐卡索聯，與前鋒 Andy Cole 合作無間，直到 1999 年在澳洲退役，兩度任教喜鵲青年軍，去年 9 月因虐待球員被罰禁賽 8 個月。

Ian Rush 1961 年

　　威爾斯射手 Rush 絕對是紅軍史上最強前鋒之一，至今仍以 346 個進球保持隊史進球王的地位，亦曾與後輩 Robbie Fowler 合作。他在 1996 年離隊後，效力過里茲聯、紐卡索聯等，最後在澳洲高掛球靴，2004 至 2005 賽季任教母隊 Chester City，並在 2010 年回到利物浦擔任親善大使。

　　　　　　　　　　　　　　　　　　（2020 年 8 月）

心滿意足

17
細說歐洲盃
反敗為勝的經典戰役

文：嘉安

2020 年 6 月本年是歐洲國家盃 60 周年慶典，24 支歐洲精英國家隊在 12 個國家較量，爭取成為新一代歐洲王者。可是由於武漢肺炎疫情導致比賽延至下年舉行，球迷們要再多等 365 天。歷年來歐洲盃決賽圈有不少經典戰役，在苦戰下後來居上取得勝利者大不乏人，現在可以跟大家回顧一下部分經典戰役。

2000 年一屆的歐洲盃分組賽便有兩場經典戰役，英格蘭在首戰與葡萄牙相遇，Paul Scholes 和 Steve McManaman 的進球令英格蘭只花了 18 分鐘便領先 2 球。可是葡萄牙後來竟然愈戰愈勇，Luis Figo 和 Joao Pinto 在上半場已為葡萄牙進球追平，Nuno Gomes 在下半場的進球更協助葡萄牙以 3 比 2 反勝。葡萄牙取得這場勝利後士氣大振，之後接連擊敗羅馬尼亞、德國和土耳其打進 4 強賽，開啟葡萄牙成為足球強國的大門。相反英格蘭失利後縱然擊敗德國，卻在最後一場分組賽不敵羅馬尼亞，在小組賽便出局。

千禧年歐洲盃另一場經典戰役西班牙對南斯拉夫，南斯拉夫三度取得領先優勢，下半場進入補時階段的時候仍以 3 比 2 領先。可是西班牙卻在補時階段連進 2 球，首先是 Gaizka Mendieta 在 94 分鐘射進 12 碼球為西班牙追平，後在完場前一刻由 Alfonso Perez 奇蹟進球為西班牙取得 4 比 3 反勝。可是兩隊及後在 8 強賽雙雙出局，西班牙在 2004 年一屆更在分組賽畢業，及至 2008 年才取得冠軍展開盛世。至於南斯拉夫在這一屆賽事後，無論是改名為塞爾維亞和蒙迪內格羅還是兩個國家再度分裂，都一直沒能打進決賽圈，塞爾維亞在 2020 年歐

洲盃還要在資格賽附加賽打拚才知道能否晉級，至於蒙迪內格羅則肯定無緣參賽。

2004 年一屆則有捷克大戰荷蘭和英法戰爭兩場經典反敗為勝賽事。荷蘭在 4 分鐘由 Wilfred Bouma 打開比分，Ruud van Nistelrooy 的進球令荷蘭在 19 分鐘便領先 2 球。Jan Koller 在 4 分鐘後為捷克追回一球，令捷克下半場愈戰愈勇。Milan Baros 和 Vladimir Smicer 的進球最終讓捷克以 3 比 2 反勝，可惜兩隊在 4 強賽敗陣，沒能完成冠軍夢。至於英格蘭則在當屆賽事先由 Frank Lampard 攻陷法國大門取得領先，可是完場前竟然被 Zinedine Zidane 連進 2 球，結果法國以 2 比 1 取勝，英法兩軍在分組賽攜手出線，卻在 8 強戰雙雙倒在決賽球隊葡萄牙和希臘腳下。

2008 年爆冷打進 4 強賽的土耳其更是當屆反勝王，突厥軍團在分組賽末段取得進球，分別以 2 比 1 擊敗瑞士和 3 比 2 反勝捷克，淘汰以上兩支球隊取得 8 強賽資格。到了 8 強賽面對克羅埃西亞，土耳其在加時 29 分鐘被對手攻破大門，可是竟然在 122 分鐘由 Semih Senturk 進球追平，結果在 12 碼大戰擊敗對手晉級。到了 4 強戰面對德國，土耳其在 86 分鐘再由 Semih Senturk 追成 2 比 2 平手，可是這次是德國人在完場前再進一球，結果土耳其以 2 比 3 落敗出局。

心滿意足

18
波爾圖冠軍隊
你們別來無恙嗎？

文：鄭湯尼

前歐洲足聯主席 Michel Platini 在位 8 年，一直強調扶植小國足球，奈何直到 2015 年下課前都未竟全功，因自從 2010/11 賽季後，歐洲賽已經久久未產生過非五大聯賽冠軍，當年歐洲聯賽盟主波爾圖的冠軍成員，如 Radamel Falcao、James Rodriguez 和 Joao Moutinho 等，今日又身在何方呢？

Helton - 41 歲

都柏林上演的葡超內戰，波爾圖小勝布拉加 1:0，守門員 Helton 在整個盃賽第 4 次保持不失球，並且打足每場比賽，直至 2016 年掛起手套前，成為至今正選唯一退役球員。他總共效力 11 年之久，上陣 332 場，統治隊史最後大門一段非常漫長的日子，2018 年曾經短暫任教葡萄牙丙級球隊。

Cristian Sapunaru - 36 歲

右後衛本賽季效力土耳其的 Kayserispor，當時決賽因正選 Jorge Fucile 受傷而臨危受命，一年後改投薩拉戈薩。很多球迷覺得當一隊黑馬奪得大賽冠軍後，陣中球員自然飛上枝頭，但這情況在波爾圖卻寥寥無幾，這位羅馬尼亞外援發展平平，自 2014 年後已轉會 7 支球隊，球員生涯正在倒數。

Rolando - 34 歲

　　1 米 89 的中衛 Rolando 作風硬朗，亦是前葡萄牙國腳，效力波爾圖 7 年，拿過 4 次聯賽冠軍，正選位置穩如盤石，決賽後未有離開，隨後 3 度租借到不同球隊，2015 年加盟法甲馬賽，本賽季回流葡超的布拉加，狀態明顯每況愈下，聯賽停擺前仍未上陣過一場比賽。

Nicolas Otamendi - 32 歲

　　決賽距離我們 9 年，當年的冠軍隊中，大多只是 30 多歲，說明波爾圖奪冠時仍是充滿青春氣息，如 23 歲的阿根廷中衛 Otamendi。他在 2014 年加盟瓦倫西亞，一年後以 3200 萬鎊轉會曼城，但在英超的表現經常被批評，盛傳今夏會被賣走，但依然是常規阿根廷國腳。

Alvaro Pereira - 34 歲

　　烏拉圭左後衛 Pereira 在那賽季歐洲聯賽披甲 12 場，2012 年被賣到國際米蘭，可惜水土不服，適應不了義甲風格。他在 2015 年至 2019 年效力阿甲的學生隊，去年租借回家鄉的國民隊，務求重拾比賽狀態，目前來到巴拉圭聯賽的 River Plate Asuncion，或會在這兒掛靴。

Fernando - 32 歲

在防守中場是少數的幸運兒，離開效力 7 年的波爾圖後，事業更上一層樓，來到英超豪門曼城，贏過兩次聯賽錦標，隨後再由加拉塔薩雷加盟目前的西甲球隊塞維利亞。雖然他沒能入圍巴西大國腳，但也有冠軍命，至少拿過三個國家的聯賽獎盃，目前在西甲也是中場主力。

Fredy Guarin - 33 歲

那年歐洲聯賽，哥倫比亞中場 Guarin 乃二號射手，踢進 5 球，助攻有 3 個。效力波爾圖 3 年半後，以先租後買形式加盟國際米蘭，一直成為主力，但後來為了賺快錢決定登陸中超，加盟上海申花。目前，33 歲的他已經返回南美，效力巴甲的瓦斯科達伽馬，預料合約結束後會掛靴。

Joao Moutinho - 33 歲

這位葡萄牙中場老將，搭乘波爾圖的快車上位，短短 3 年轉投摩納哥，效力 5 載，期間曾打倒巴黎聖日耳曼的霸權，爆冷拿到法甲冠軍，然後在 2018 年來到英超的狼隊。夕陽無限好，這位指揮官在英超一樣能夠立足，並率領狼隊在本賽季屢創佳績。

Hulk - 33 歲

巴西「綠巨人」Hulk 步大力雄，射門強勁，成為當時鐵三角之一，亦打足每場歐洲聯賽。他在波爾圖揚名立萬，成為巴西國家隊成員，卻在 2012 年轉投澤尼特，拒絕英超報價。顯然，他認為金錢比成就重要，4 年前已經轉戰中超，加盟上海上港至今，更在今年迎娶了前妻的姪女。

Radamel Falcao - 34 歲

這位哥倫比亞射手在波爾圖攀上事業高峰，那賽季在歐洲聯賽踢進 17 球，保持賽事的進球紀錄，然後才轉投西甲的馬競，留下了 91 場踢進 70 球的驚人進球率。之後，Falcao 突然加盟摩納哥，5 個賽季先後租借到曼聯和切爾西，但昔日的射手觸覺一去不返，目前效力土耳其的加拉塔薩雷，依然偏受傷患困擾。

Silvestre Varela - 35 歲

鐵三角名氣最弱的左翼鋒 Varela，其實效力波爾圖長達 8 年之久，直至 2017 年正式離隊，期間也到過西布朗維奇和帕爾馬，但最終無緣被買斷。他是前葡萄牙國腳，但表現不算突出，2017 年轉戰土耳其，去年回到葡萄牙加盟比蘭倫斯，相信球員生涯也進入最後倒數。

心滿意足

同場加映

James Rodriguez - 28 歲

　　別忘了，哥倫比亞小天王 James Rodriguez，當年是 18 歲小鮮肉，但整季歐洲聯賽也披甲 9 場。奪冠後兩個賽季，他就被摩納哥帶走，2014 年世界盃大放異采，同年夏天加盟皇馬。可是，期望愈大，失望愈大，他在皇馬算不上成功，目前仍被租借到拜仁慕尼黑，前途未卜。

19
克鲁伊夫看克鲁伊夫

文：嘉安

世上只有媽媽好，歌頌母親的名曲很多，最經典的莫過於
《真的愛你》、《魯冰花》、《聽媽媽的話》……但細訴父子
情卻少得可憐，陳奕迅的《單車》已是難得一見又深入民心的
代表作。為何唱給母親可以充滿「洋蔥」，唱給父親卻不會？
當祖迪克魯伊夫（Jordi Cruyff）遇上克魯伊夫（Cruyff），應該
會有「洋蔥」。

「難離難捨想抱緊些／茫茫人生好像荒野／如孩兒能伏
於爸爸的肩膊／誰要下車」，聽到李克勤在歌唱比賽破格翻唱
《單車》，又湧起一股莫名的感動。一個被人忘了、被忘了很
久的克魯伊夫細訴克魯伊夫，故事斷不會像「我爸是李剛」，
細節可堪回味。

出生日「被指定」

留在阿姆斯特丹醫院的母親選擇剖腹產子，但預產期與西
班牙國家大戰撞個正著，剛好在同一星期，「Michels 告訴父
親，他必須對皇馬時在場，為免分心，巴薩主席決定了我跟他
同月同日降生。」小克魯伊夫生於 1974 年 2 月 9 日，現年 42
歲，曾效力巴薩和曼聯，代表過國家隊 9 次，但正好其他星二
代一樣，職業生涯的成就望不見父親的項背，多年來在遼闊的
荒野尋找方向，尋找自己的人生。

人在江湖，身不由己，祖迪克魯伊夫甫到人間，已經注定
不會平凡，不僅一輩子背起千斤墜的姓氏，連名字也充滿政治
鬥爭的味道。「那年頭，加泰羅尼亞政府拒絕登記『祖迪』這

名字，差點點我就是『非法兒童』，幸好，我在荷蘭出生。」西班牙獨裁者佛朗哥統治的時代，嚴禁使用加泰羅尼亞語，祖迪是加泰羅尼亞聖人的名字，因此已被官方禁止註冊數十年，但克魯伊夫當時誓不低願：「我的兒子是用荷蘭護照，我想叫他做祖迪。」

西班牙海關官員再三要求克魯伊夫，改用西班牙語登記，這位巴薩巨星機靈地利用輿論壓力發炮：「我不希望醜聞曝光，你就告訴上司，繼續糾纏下去的話，明天會是西班牙報章的大新聞。」結果加泰羅尼亞政府不得不屈服，接受了「祖迪」的名字，同時令克魯伊夫在加泰羅尼亞人心目中的神級地位更加鞏固。我們無法選擇出身，祖迪不諱言：「記得小時候在西班牙，我總是用荷蘭語回答別人的問題，但回到荷蘭時卻會說起西班牙語，哈哈。」

真相隱瞞 30 載

自從小克魯伊夫懂事後，意識到快樂童年不過是奢侈品，甚至乎遙不可及，「常常見到途人找爸爸簽名，我知道自己同其他小孩不同。」他沒機會見到父親再戰世界盃，因出生後 4 年的阿根廷世界盃，克魯伊夫拒絕接受橙衣軍團的徵召，風風雨雨好比用自己方式過關的香港書店老闆，將帥不和？人權問題？阿根廷軍政府出術？通通不是。「1978 年結束後，爸爸嚴禁我們在朋友家中過夜，一直沒有解釋原因。」

2008 年的專訪，克魯伊夫終於道出鮮為人知的真相：「有賊人闖入我們的寓所，用槍指着我的頭，把我妻子綁起來，企圖綁架我們，後來警方派人監視我們的寓所超過 4 個月，小孩子上學也要接受專人保護。」為了家人的人身安全，荷蘭球王不愛江山愛家人，1979 年舉家搬到洛杉磯（效力 Los Angeles Aztecs），一年後搬到華盛頓（效力 Washington Diplomats）。其實，當時沒有人知道克魯伊夫離開巴薩的真正原因。

1985 年，克魯伊夫回歸母會執教，後來曾任技術顧問協助復興歐洲兵工廠的聲譽，小克魯伊夫入隊後被要求擔任後衛，令人費解，「父親想我了解後衛的動作，了解後衛如何對付前鋒，我們搬回巴薩居住（克魯伊夫 1988 年轉教巴薩），我亦進入了拉瑪西亞。最記得剛升上一隊時，他要求話盡量少說，用行動代替說話。」不管星二代多努力，也會被人揶揄是全靠父蔭上位，小克魯伊夫也不例外。

父蔭不好靠

「有天我在更衣室，Stoitchkov 和 Begiristain 叫我閉嘴，但我不服氣，便對他們說，你們不滿的話，請直接找克魯伊夫談吧！」小克魯伊夫的性格漸漸由外向變得寡言，就算與個別隊友感情日增，成為知心密友，也不敢在公開場合竊竊私語，避免間接導致隊友躺着中槍。「我覺得自己越來越不想說出心底話，性格也變得內向，就像我們在家中從不談球場時，媽媽也不會在爸爸面前問我近來怎麼樣，怕觸動他的神經。」

　　20 年前，祖迪克魯伊夫作出人生最重要的決定，由巴薩改投曼聯，「弗格森（Ferguson）到訪荷蘭時，我們兩父子一起去接機，媽媽留在家中準備飯菜招呼他，當時紅魔鬼是一支青春隊，爵爺對爸爸說『放心，我好好照顧你兒子的』。」小克魯伊夫雖大部份時間擔任指補，但總算拿過 3 次英超冠軍，當時也不乏上陣機會，可惜承受不了輿論壓力，表現不如預期，職志 2000 年加盟西班牙小球隊艾拉維斯，才打通任督二脈，做回真正的自己，目前是以色列球隊特拉維夫馬卡比的體育總監，遠離主流球壇。

　　「你是我人生的燈塔，讓我感受到生命意義的真諦。」小克魯伊夫的成就無法比肩克魯伊夫，仍以克魯伊夫兒子為傲，也無悔這些年活在神光之下，變得啞然失色。父親節從來比不上母親節，但爸爸是不會介意的。你們活得快樂，爸爸便心滿意足。

心滿意足

20
關於郵輪港和海軍港
的南岸德比

文：嘉安

心滿意足

1829 年的英格蘭南部地圖， 展示了朴茨茅斯的城鎮及周
邊地區，當時叫「南安普頓郡（County of Southampton）」。朴
茨茅斯和南安普頓的恩仇不僅在於地理位置，還有當時不平等
的經濟貿易，前者會叫南安普頓為「鰩魚（skates）」，直指對
方為人「卑鄙」。本賽季聯賽盃第三圈，南安普頓作客大勝朴
茨茅斯 4:0，下一場南岸德比要等多久？

Skates 是朴茨茅斯俚語，話說百多年前，兩座城市的工人
約定一起罷工，但南安普頓工人卻轉念拒絕罷工，回到工作崗
位，導致朴茨茅斯工人覺得被盟友背叛，裂痕由此而起。「朴
茨茅斯從前是南安普頓的一部份，直到 1835 年我們才有了首
個碼頭，後來成為英國海軍駐地，小漁村自此發展為城市。」
朴軍球迷組織創始成員 Steve Woodhead 訴說一段鮮為人知的
歷史。

朴茨茅斯位於波特西島，廣受工人階級支持，歷史與戰火
環環相扣，球迷經常集中在當地酒吧 the Artillery Arms 看球，
Steve Woodhead 說：「這兒甚麼也沒有，甚至孤立無援，帶著
與世隔絕的部落主義。」當年碼頭附近進行現代化，建設了多
家影院、商店、酒吧和餐廳等，犯罪小說作家 Graham Hurley
是前獨立電視台製作人，自 1977 年起生活在朴茨茅斯，卻在
南安普頓工作 20 年，「這兒的特色就是沒有特色。」

二戰期間，南安普頓曾被德軍夷為平地，當地雜誌《The
Ugly Inside》編輯 Nick Illingsworth 如此理解：「兩地人三觀截
然不同，南安普頓人態度開放，以前靠航海業發展起來，上世

紀 70 年代大型郵輪公司衰落，80 年代變得荒蕪，泰坦尼克號沉沒是其中一個轉捩點。」

英國是足球狂熱國家，許多家庭都有成員同時支持兩家球會，但是支持南安普頓的，抑或支援朴茨茅斯的，基本上是取決於你是住在河的西面還是東面。今日有人用政治「分類」商店，在外國早已習以為常，朴茨茅斯電台的評 Martin Hopkins 堅稱，他從來不會購買任何與南安普頓有關的東西，也永遠幫襯他們的贊助的商店。

朴茨茅斯有海軍基地，南安普頓到處都是遊艇。Mark Chamberlain 是利物浦中場 Alex Oxlade-Chamberlain 的父親，90 年代第一次去朴軍訓練基地，卻穿了一件南安普頓訓練服，於是被隊友 Alan Knight 和 Andy Awford 扒了身上的衣服，他說：「他們只是開玩笑，但在南安普頓，你可以穿著朴茨茅斯球衣，在朴茨茅斯街頭，別穿著南安普頓球衣。」

海軍港有過頂級聯賽冠軍，球迷引以為傲，也身份認同，但過去 40 年，郵輪港明顯更熱鬧，「聖徒」的成績遠遠拋離死敵，年輕一點的球迷甚至懵然不知朴軍是褪色勁旅。1949 年至 1950 年，朴茨茅斯連續兩年奪得英甲冠軍，然後慢慢地開始沉淪上一次聯賽排名超過南安普頓已是 41 年前，老球迷深深懷念 Jimmy Dickinson、Peter Harris, Duggie Reid 和 Jimmy Scoular 等球星。

七十年代，朴軍降班，發展與「聖徒」背道而馳，其實，後者在六十年代末期才第一次出現在頂級聯賽，之後拿到英格

91

蘭足總盃冠軍。回到英甲，他們簽下了名震一時的射手 Kevin Keegan，轟動足壇。南安普頓史上最偉大總教練 Kristen McMenamy，由 1973 年任教到 1985 年，1984 年足總盃第四輪作客朴茨茅斯，在歷史卻是「黑暗的一天」。

話說 1976 年朴茨茅斯降入第三級聯賽，兩隊支持者發生連環毆鬥，拳腳無眼，傷者無數，當時朴軍門將 Alan Knight 形容為「極血腥事件」。8 年後，「聖徒」補時憑 Steve Moran 的進球絕殺死敵，後衛 Mark Dennis 被球迷擲下的硬幣擊中頭部受傷，總教練被球迷瘋狂吐口水！

「當我們駕車前往朴軍主場館時，賽前氣氛已像戰爭一樣，充滿火藥味，只能在入夜後匆匆離開。」自小已是南安普頓球迷的 Steve Moran，大戰數日後，在夜店被朴茨茅斯青年軍襲擊。最終，59 名球迷被拘捕，18 名球迷因傷往院，這場大規模騷亂日後被稱為「Battle of Fratton」，在當時造成了 8000 鎊經濟損失。「我們在球場上拾到大量硬幣和 2 磅重的香蕉，還有數之不盡的巧克力棒。」總教練 McMenamy 苦笑道。

太天真、太傻？前朴茨茅斯主席 Milan Mandaric 升上英超後，曾揚言以歐冠為目標，其他球迷不屑一顧，但 Steve Woodhead 則表示：「90 年代球迷總感覺重返英超只是時間問題，更相信重返英超後，很快會成為 Big 4 之一。」南安普頓顯然較踏實，做好護級任務，再以歐洲聯賽為目標，過去 10 多年也成為英格蘭兵工廠。

　　2003 年 12 月 2 日，朴茨茅斯做客聖瑪麗公園，事隔 7 年
後再次上演南岸德比。比賽前，球場向剛離世的南安普頓名宿
Ted Bates 默哀，但客隊球迷在儀式開始時發出噓聲，25 秒後
默哀因而中斷。一般比賽，聖瑪麗公園只有 15 個警員維持秩
序，這場比賽卻有 300 人，漢普郡所有休班警都要取消假期，
幸而最終沒有發生大型衝突。

　　南岸德比是英格蘭交手次數最少的德比，迄今僅 27 場，
「聖徒」取得 13 勝 6 和 8 負，成績略勝一籌。2003 年 12 月
28 日，切爾西主場 3:0 大勝朴軍，南安普頓舊將 Wayne Bridge
下半場首開紀錄，並對死敵大肆示威。這位後衛賽後買了部新
手機慶祝，並獲舊隊友紛紛致電祝賀。

　　朴軍老球迷相信：「我們只是一個沉睡的巨人，他們現在
只是運氣比我們好而已。」南安普頓本賽季以 0:9 慘敗給萊斯
特城，追平英超最差紀錄，有朴茨茅斯球迷在布里斯托爾流浪
者的主場即興作歌揶揄死敵，網上瘋傳。人生何處不相逢，本
賽季南安普頓形勢不妙，但願下一次兩隊交鋒仍是英超賽場，
而非英冠英甲，甚至英乙。

心滿意足

21
一個被低估的
英格蘭本土翼鋒

文：華希恩

心滿意足

人生有聚有散，離離合合，亦復如斯。回顧 2016 年英超
冠軍陣容，萊斯特城留在陣中的主力為數不多，除了首席射手
Jamie Vardy 和正選門將 Kasper Schmeichel，另一人就是左翼
Marc Albrighton，當年功臣大都離去，老隊長 Wes Morgan 亦
被投閒置散。

所謂人各有志，Albrighton 由踢法到性格，貫徹實而不華
的作風。「我不想成為報紙頭條，除非我是做了偉大的事情，
球場以外，我只是平凡人。如果要我多說話刷存在感，那麼，
我寧願繼續平靜的生活。」長久以來，英格蘭本土球員受盡寵
愛，往往未紅先驕。然而原來史上僅前曼聯守將 Steve Bruce，
以主力身份（正選 30 場或以上）奪得英超，卻從未代表過英
格蘭國家隊，現在就有 Albrighton 陪他。

Albrighton 本身是阿斯頓維拉的青年軍，出道後直至 2014
年加盟萊城，一賽季後開始成為中場鐵一般的主力。「由我第
一日來這兒開始，我已經獲得萊城球迷的厚愛，單單是這一點
我已心滿意足。」轉眼 6 個賽季，他上陣超過 200 場，狀態長
期保持穩定。

在萬人迷貝克漢之後，英格蘭中場線甚少有穩定的傳中達
人，他是其中之一。自從 2014/15 賽季起，英超傳中球最多的
就是 Albrighton，以 707 球排名榜首，更勝其他身價極高的大
牌外援，第 2 位是 Aaron Cresswell，有 582 球，而第 3 位是曼
城的 Kevin De Bruyne，有 552 球。Cresswell 和 De Bruyne 的
總數還未超過 600 球，與 Albrighton 相距甚遠。

何時何地傳中，需要經過千錘百煉，他說：「典型翼鋒在現代足球慢慢消失，但近年又有總教練認為，翼鋒未必需要進很多球，最重要是把皮球送到適當的位置。」雖然他經常在 45 度角傳中，但準確度極高，而且與前鋒 Vardy 似乎心有靈犀，合作無間。

本賽季在 Brendan Rodgers 麾下，Albrighton 正選次數大減，但仍保持高效，正選上陣的 9 場比賽，球隊取得 8 勝，唯一一次言和是盃賽對埃弗頓，結果互射十二碼也能晉級。「我接受總教練的任何安排，我也有耐性等待機會，大前提是球隊取勝。」

其實，這位低調翼鋒首個賽季加盟萊城時，曾經到了球場才知道無緣隨隊作客征戰，要留在家中收看電視，份外難受，「那是職業生涯的低潮，但我會引此為鑑，怨天尤人是於事無補」。此刻，等待他的除了時間，應該還有英格蘭主帥 Gareth Southgate。

（寫於 2020 年 7 月）

心滿意足

22

存在的賽制即合理？

文：華希恩

心滿意足

著名德國哲學家黑格爾有一句名言說：「存在即合理！」（德語原文：Was vernünftig ist, das ist wirklich; und was wirklich ist, das ist vernünftig），我對哲學思想坦白說是一知半解，在經歷近半世紀的人生後，發現在現實生活中很多事情雖然存在，但卻不都是合理的，這道理在足球世界也受用。

在足球世界中有不少球例或制度已存在多年，但這些球例和制度全部都合理嗎？一直以來，各大聯賽的賽制都是跟所有參賽對手在主場和客場各對戰一次，然後按從勝、和、負賽果取得的分數計算，分數最高的便是冠軍，無論是過去的 2 分制或是現在通用的 3 分制都一樣。最終如果分數相同，都是先比較得失球差，然後再比總進球數。不過歐洲足聯、義甲和西甲等部分賽會舉辦的比賽賽制卻是若雙方分數相同，是先計算對戰成績才再計算得失球差。

我認為先計算對戰成績較不合理，因為無論是歐冠或歐洲國家盃的分組賽都是同組 4 隊相互對戰，跟所有同組對手比完後才有總分數，那麼理應是先計算得失球差才可符合計算「與另外三隊對戰」的原則，這才可以真正反映兩隊於分組賽的成績差異。因為若分數相同的時候先計算雙方對戰成績，便會令那場對戰成為一場過淘汰賽，兩隊參與的其餘 2 場分組賽在此情況下已變得無關痛癢，這樣真的是最好嗎？

關於計算先得失球差印象最深刻的國際足壇史例，我想到兩個最經典的歐洲國家盃決賽圈故事，第一個是在 1996 年的歐洲國家盃，當屆的 C 組首名是德國，次名則是捷克與義大利

之爭。捷克在分組賽以 0 比 2 敗於德國、以 2 比 1 擊敗義大利，與俄羅斯打成 3 比 3 平手。義大利則是以 2 比 1 擊敗俄羅斯，然後敗於捷克、再與德國打成 0 比 0 平手。如果是以得失球差計算的話，義大利就以 0 球壓倒-1 球的捷克出線，可是結果卻因為義大利不敵捷克導致出局。

第二個經典故事是 2004 年歐洲國家盃，其中一個主角剛好又是義大利。話說當年義大利在首兩場分組賽只能以 0 比 0 打和丹麥和 1 比 1 打和瑞典，而瑞典和丹麥除了打和義大利，分別擊敗了保加利亞，兩支北歐球隊在最後一場分組賽舉行前已經拿到 5 分，相反義大利只得 2 分。由於同分的話是先計算對賽成績，所以如果丹麥和瑞典在最後一場分組賽以 2 比 2 打和，那麼就算義大利贏保加利亞幾多球，都因為在丹麥、瑞典和義大利 3 支球隊之間的對賽成績進球較少而出局（因為 3 支球隊的相互對賽成績都是 2 場和局，得失球差也一樣是 0 球，然後就計算誰進球較多）。

結果義大利以 2 比 1 擊敗保加利亞，可是瑞典卻在同時舉行的賽事在 89 分鐘才射進第 2 球，結果真的與丹麥打成 2 比 2 平手。雖然縱使計算得失球差，義大利也是不敵瑞典和丹麥成為小組第 3 名而出局，不過從賽前到賽後都引起北歐兄弟們是否進行默契球，這懸案至今仍然未決。

歐洲足聯主辦的賽事中有另一個可能已經不合時宜的制度，便是上屆歐冠冠軍球隊可以直接參與下屆歐冠分組賽。所謂不合時宜是因為連比較「保守」的國際足聯也已取消上屆世

界盃冠軍球隊直接獲得參與下屆決賽圈資格的做法，為何歐洲足聯仍保留這種做法呢？

再者歐冠條例早已明訂各國聯賽球隊如何獲得參加歐冠的資格，為何要增加一個「衛冕」名額擾亂各國的球隊。比如2005 年的埃弗頓和 2013 年的托特勒姆熱刺，他們在此前的賽季辛苦地拿下聯賽殿軍，卻因為同市球隊奪得歐冠錦標而白白將本已得手的歐冠參賽資格讓予聯賽排名比自己低的球隊。這樣算是合理嗎？

雖然歐洲足聯後來也進行相關修訂，讓奪得歐冠錦標卻無法藉聯賽排名獲得歐冠參賽資格的球隊成為「外卡」球隊，變相讓冠軍球隊的所屬國家多一個參賽名額。可是另一方面又讓根本跟歐冠沒有直接關係的歐足聯盃冠軍，若不能從聯賽排名獲得歐冠資格也可獲得下一屆歐冠分組賽參賽資格，而且還限制每個國家最多只能有 5 支球隊參與同一屆歐冠賽事，形成根本是局外人的歐足聯盃冠軍球隊反過來搶走聯賽殿軍球隊的參賽資格。2019-20 年賽季的義甲聯賽殿軍拉齊歐便幾乎因此失去 2020-21 年歐冠參賽資格，因為只要聯賽排名較後的羅馬奪得歐冠，排名更後的拿坡里同時奪得歐足聯盃，拉齊歐便成為義大利聯賽「第 6 順位」球隊。「幸好」羅馬和拿坡里最終都無緣奪冠才不致出現這種不公平狀況。

歐洲國家盃一直都沒有上屆冠軍球隊可以直接參加下一屆決賽圈的做法，為何歐冠反而容許這種不公平制度呢？

作客進球優惠已過時

作客進球優惠是運動比賽中比較特別的制度，不少剛開始看足球的球迷問過我為何作客進球可以「雙計」？我確實難以解答，因為這制度也是過時了！

作客進球優惠始於 1965 年，據說是當時歐洲足聯鼓勵作客球隊能夠多點進攻，不要只打消極的防守足球。當時歐洲各國的交通和住宿設備遠非現在可比，飛機飛行速度和乘坐時的舒適度與今天大相逕庭，作客環境令球員難以輕鬆作戰和回復體力。而且當年並不流行出國旅行，很少有球迷跟隨球隊跨國作戰，所以作客球隊大多只能先求穩守不失。可是到了 21 世紀的今天，交通和住宿等設備都大幅改善，而且幾乎所有球隊都由不同國籍的球員組成，作客只是換了在其他球場比賽而已，作客比賽已成為職業球員生活的一部分，除非場地環境非常惡劣，否則根本不存在適應問題，所以縱然主場和客場作賽之間仍有差別，但是差距已經縮少許多，踢客場先求穩守的誘因減弱不少，所以作客進球「雙計」這制度也應好好考慮是否有存在的必要。

並非有助進攻足球

當然，昔日歐洲足聯定下這規則也能夠鼓勵作客球隊盡量爭取入球。不過凡事有正面必有反面，作客的球隊若較主動，主場球隊卻因為害怕失球（因為失了球便要多進一球才可反勝），反而表現得較保守。

關於作客進球「雙計」的荒謬之處，最要命的莫過於「同市球隊」的相遇也照樣計算作客進球，特別是當兩支球隊本來就共用同一個主場比賽。最經典的例子是 AC 米蘭和國際米蘭在 2002-03 年歐冠 4 強戰相遇，兩場比賽都在 San Siro Stadium（國際米蘭稱為 Giuseppe Meazza Stadium）進行，結果兩回合總比分是 1 比 1 平手，只是 AC 米蘭「作客」的那一場比分是 1 比 1，結果國際米蘭就這樣被淘汰。

（寫於 2020 年 10 月）

23
巴爾幹新勢力

文：華希恩

　　歐洲自從第二次世界大戰後可說是十分和平和寧靜，除了巴爾幹半島從 1990 年代起陷入戰爭，南斯拉夫從一個國家分裂成 7 個國家的過程充滿血腥和遺憾。南斯拉夫的解體也令號稱「東歐足球王國」成為歷史，也同時造就多支東歐新勢力國家足球代表隊。

東歐足球王國

　　在南斯拉夫未分裂前，雖沒有取得世界盃冠軍，成績和表現相當穩定。我從 1990 年世界盃開始注意南斯拉夫國家隊，雖然首戰以 1 比 4 大敗在西德腳下，但表現其實毫不遜色。之後他們輕鬆地擊敗哥倫比亞及阿聯晉級 16 強賽。南斯拉夫在 16 強淘汰西班牙一役，眾將表現出色，令人嘆為觀止。他們在 8 強賽遇上上屆冠軍阿根廷，這場比賽若不是南斯拉夫於上半場已少踢一人的話，結果或會改寫，因為場面上表現較佳的一方是南斯拉夫，最終雙方在激戰 120 分鐘之後，仍然打成 0 比 0 平手。南斯拉夫在互射 12 碼階段被淘汰。

　　這屆南斯拉夫整體表現出色，令我印象最深刻的是有東歐球王之稱的 Dragan Stojkovic，其他球員包括 Safet Susic, Zlatko Vujovic, Robert Prosinecki 和 Dejan Savicevic 等都是獨當一面的猛將，當時的南斯拉夫可說是星光熠熠。

　　南斯拉夫以 1990 年世界盃 8 強球隊的餘威，取得 1992 年歐洲盃決賽周的入場券，當大家期待他們的成績能更上一層樓之時，南斯拉夫卻在 1991 年爆發內戰，克羅埃西亞和斯洛維

尼亞等加盟國相繼獨立，南斯拉夫也因為內戰遭聯合國制裁，更在歐洲盃決賽圈開打不足一個月被歐洲足聯正式褫奪參賽資格，由資格賽屈居他們之下的丹麥臨時補上，卻最終造就丹麥成為歐洲冠軍的童話故事，整個南斯拉夫卻成為人間煉獄。

克羅地亞率先彈出

以 1987 年世青盃冠軍為班底的南斯拉夫黃金一代，因為內戰而各散東西。不過南斯拉夫確實無負「東歐足球王國」的稱號，原因是從南斯拉夫獨立出來的國家，竟然一個接一個的在國際足壇揚名。克羅埃西亞是南斯拉夫分裂出來後成績最好的國家，2018 年更首次打進世界盃決賽，成績超越南斯拉夫，斯洛維尼亞、塞爾維亞和波士尼亞及赫塞哥維納（簡稱波赫）也參與過世界盃決賽圈，蒙特內哥羅和科索沃雖然還沒能參與大賽決賽圈但也有一定實力，近年更名的北馬其頓也終於在 2020 年獲得歐洲盃決賽週參賽資格。

波斯尼亞只差一步

波赫和北馬其頓是近年冒起較快的前南斯拉夫加盟國，波赫在 2010 年世界盃資格賽和 2012 年歐洲盃資格賽都打進過附加賽，可是最終都不敵擁有 C 羅納度的葡萄牙。到了 2014 年世界盃資格賽，他們幸運地跟希臘、斯洛伐克、立陶宛、拉脫維亞和列支敦士登同組，由於對手實力沒那麼強，所以擁有 Edin Dzeko, Zvjezdan Misimovic, Miralem Pjanic, Vehad Ibisevic 和 Sead Kolasinac 等球星的波赫得以成為小組首名，擺脫在附

加賽被強隊淘汰的命運,直接取得世界盃決賽圈參賽資格。雖然在首兩場分組賽面對擁有豐富經驗的阿根廷和奈及利亞都無法取得分數,不過也只是以 1 球之差告負。到了最後一場分組賽,縱使是已經提前出局,波赫還能以 3 比 1 擊敗伊朗,以小組第 3 名完成比賽。雖然波赫往後 2 屆歐洲盃和 2018 年世界盃都無法參與決賽圈,不過成績還算不錯,與決賽圈的距離不遠,沒有任何球隊面對波赫可以輕易言勝。

北馬其頓悄悄起革命

北馬其頓,是歐洲國家聯賽和歐洲盃資格賽賽制改革下的最大受益者,馬其頓從 1990 年代獨立後一直只是國際足壇的小角色,每次參與世界盃和歐洲盃資格賽都只是陪跑角色,以小組第 4 或第 5 名出局是他們的命運。2020 年歐洲盃資格賽,他們的成績終於好一點點,在與波蘭、奧地利、斯洛維尼亞、以色列和拉脫維亞的競爭中獲得小組第 3 名,不過這名次是不足以讓他們拿到入場券的。但北馬其頓就是依靠 2018 年舉行首屆歐洲國家聯賽級別最低的 D 聯賽獲得小組首名, 從而獲得歐洲盃資格賽附加賽參與名額,而且對手只是同樣來自 D 聯賽的其他小組首名球隊。結果北馬其頓先以 2 比 1 淘汰同樣是前南斯拉夫加盟國的科索沃,然後在決賽以 1 比 0 擊敗喬治亞取得首次參與大賽決賽圈的資格,令特地延遲退役的老將 Goran Pandev 獲得最完美的獎賞。

北馬其頓雖然是 2020 年歐洲盃決賽圈參賽球隊之中國際足聯排名最低的球隊,但也有不少具名氣的球員,曾效力國際

米蘭的 Pandev 固然是領銜球星，利茲聯中場 Ezgjan Alioski、
拿玻里中場 Elif Elmas、烏迪內斯前鋒 Iljia Nestorovski 都是效
力歐洲四大聯賽球隊。而且北馬其頓在歐洲盃決賽圈的抽籤運
不錯，分組賽對手是實力相對較接近的奧地利和烏克蘭，只有
與荷蘭的差距較明顯，如果要創造奇蹟取得出線資格也不是沒
有可能。

心滿意足

24
感動！
三十年風雨球場守護者

文：華希恩

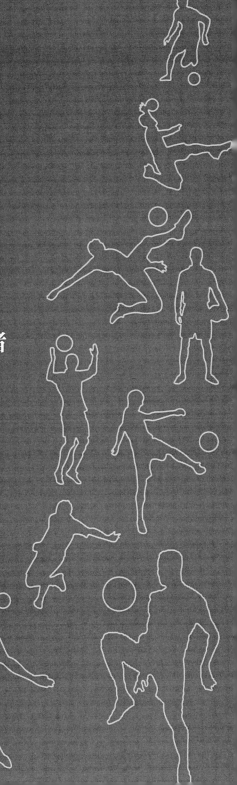

　　歐洲足球經歷風雨飄搖的日子，但有一個 85 歲的老人風雨不改，堅守崗位，遙遙 31 年，每日 24 小時守護著馬拉加主場 La Rosaleda 球場，視球場為家，不，真的把球場變成「自己的家」。每逢比賽日，Andres Perales 的「家」就會迎來 3 萬多客人，但他的家只有三個成員，他、兒子和一頭約克犬。

　　Andres Perales 的家就是西乙馬拉加的主場球館 La Rosaleda 球場，自 1989 年至今，從未離開，即使 1992 年球隊經歷破產重組，依然不離不棄，令人動容。「看到疫情下的足球場，我是有點無法釋懷。」他已為馬拉加服務 54 年，西班牙頒佈全國禁足令時，老人家依然每日清晨和夜晚在場內散步。

　　無錯，Perales 的確住在球場內，且他不是孤家寡人，2002 年自行擴建小小的白磚屋，並在旁種植康乃馨，洋溢小確幸的感覺。雖然他從未做過馬拉加球員或教練，但他的經歷已寫進隊史，球場的 19 號大閘門就以其命名，人們乘搭公車必然經過這道閘門。

　　1966 年，Perales 第一次來到馬拉加，擔任球隊大巴司機，由代理公司正式成為球隊職員，後來成為大門保安和球場管理員，曾經客串物理治療師。老人家看著馬拉加經歷風雨，馬拉加養大了他的 7 個孩子，如今只剩下 Andy 與父同住。其實，Andy 婚後已搬出，但離婚後又搬回球場。

　　「球員有空會來吃母親的愛心飯菜，我在這兒長大，對球場充滿感情，其他人聽到我的住址時，都會驚訝不已，對，我

的住址就是球場。」43 歲的 Andy 自小就經常看到巨星，故此慢慢開始習慣，「人們驚嘆梅西，我的感覺是『梅西又來了』，還有 C 羅等也經常見到，當然他們都認得我。有次 C 羅取笑我是胖子，我也會取笑他。」

我們從電視看球星，Perales 零距離接觸巨星，包括 Diego Maradona、Johan Cruyff 甚至 Pelé，他說：「他在這兒踢過一場，那晚情況特別亂，桑托斯錯過回程航班，凌晨 2 時球隊打電話給我，要我開車送他們前往馬德里。」因時間太晚，他們改道前往里斯本，老人家憶述：「Pelé 坐在引擎蓋上，全隊拿著裝了 400 萬西班牙元的小信封，路上吃三明治，卻把麵包扔掉，只吃火腿！」

Perales 年時已高，近年已甚少出現在看台，寧願留在家中觀看比賽，兒子解釋道：「要他沿著樓梯上看台不容易，只要馬拉加贏球，他就會興奮莫名。」疫情期間，56 歲的女兒有時會為父親送食物，可惜家人仍然未能相聚一起，「這兒甚麼都有，每天我會工作到下午 3 點，然後畫畫或做其他事情，從來不會感到無聊。」當馬拉加的球員們終於回到球場開始訓練時，Perales 能在遠處跟球員打招呼，已感老懷安慰。

心滿意足

25
「胸」有成足

文：華希恩

心滿意足

年輕時看足球比賽便已聽說過「足球風格」及「足球文化」這些名詞，所謂風格或文化主要是以各國的踢法區分，如巴西足球稱作「華麗足球」、德國足球的風格是紀律性高、義大利足球的特色是防守至上，蘇聯足球的風格則是「機動化」，還有英國足球就是長傳急攻等，足球世界可說是百花齊放。

但是足球近年隨經濟變為全球化，上述足球文化和風格差異越來越模糊，光看英超便發現現今已很難找到「長傳急攻」的球隊了。不過另一方面，隨著職業足球的全面商業化，竟然也可以從各支球隊的球衣胸前贊助商大概了解到不同國家的足球文化或現況。

多元化的英超

筆者從英超看起，看看有那些贊助商！如曼聯的汽車業、曼城和兵工廠的航空業、托特勒姆熱刺的保險業、切爾西的電子業等等，其他球隊還有博彩、網購、金融、旅遊、鍋爐等。真的是各行各業都有，顯得英國是一個開放的國家，而且更有趣的是，2020-21 年賽季的 20 支英超球隊中，竟然有多達 8 支球隊的胸口贊助商是博彩業，數量接近一半，比 2012-13 年賽季多接近一倍，這也顯得賭博事業在英國是非常蓬勃，其他行業要爭取成為贊助商比以往更困難。

其實並不只賭博業直接牽涉到金錢，本賽季有 5 支球隊來自保險業、網購、金融界等的贊助商。超過一半數量的球隊贊助商，是直接牽涉到金錢，難怪英超是一個燒錢的聯賽。

德甲實業化

　　至於一向很「節儉」及富強的德國，德甲贊助商就有如拜仁慕尼黑的電信業、多特蒙德的網路業、利華古遜的保險業、禾夫斯堡的汽車等等，還有其他球隊的奶製品、保險、超市、航空、天然氣、建材等，百花齊放的情況較英超還多。德甲的胸口贊助商與英超最大的分別就是大部份是實業或製造業，也可看出德國是一個踏實的國家，德甲也是一個很穩健的聯賽，與英超的紙醉金迷可說大相逕庭。

經濟低迷的西意

　　至於近年與英超爭奪「第一聯賽」寶座的西班牙甲級聯賽，胸前贊助商有巴塞隆拿的網購業、皇家馬德里的航空業、瓦倫西亞的博彩業、比利亞雷亞爾的陶瓷業，還有其他球隊的胸口贊助商是來自銀行、啤酒、旅遊業等。在足球場上，西班牙確實是世界頂級球隊，可惜經濟卻曾被形容為歐豬五國之一，這一方面有胸前贊助商上最明顯的，就是有部份西乙球隊是空白的，意思就是沒有贊助商，另外博彩業近年大幅佔據了西甲球隊的胸口，本賽季就有 7 支球隊需要博彩業贊助，其中一所博彩公司竟贊助 3 支球隊。這一點除了看到西班牙的經濟低迷，除博彩外的其他行業環境都不好，另外還表達另一個現象是，就是收視率被兩大豪門所獨佔，其他球隊無論在收視及收益，都難以與兩大豪門所媲美，這便做成了有些中小型球隊一度找不到贊助商。

　　至於昔日號稱「迷你世界盃」的義大利甲級聯賽，早已不復當年勇，義甲老牌球隊的贊助商包括尤文圖斯汽車、AC 米蘭和羅馬的航空，國際米蘭的輪胎、拉齊歐的鐵路、佛倫提那的通訊等，其他球隊還有通訊、博彩、家電、通信、保險及銀行等等。

　　意大利也是歐豬五國之一，情況與西班牙相似。雖然有不同種類的行業贊助商，不過有趣的是當中有不少是小品牌，似乎大廠商對幾支老牌球隊情有獨鍾，卻因為其他球隊沒有多少吸引力而沒有選擇贊助，這或多或少可以看出義大利經濟的沒落。

生活化的法甲

　　法國雖然未至於成為「歐豬」，不過近年經濟也不好。球隊的贊助商就有如巴黎聖日耳門的旅遊業、里昂的航空業、馬賽的網購外賣業、聖伊蒂安的保險業等，其他球隊還有清潔公司、食品、慈善機構、建材、眼鏡、回收公司、礦泉水等等。

　　看到法甲各個贊助商，可以看到法國人的比較生活化，有食品、汽車、徵才、甚至是房屋，這些都是生活化的產品，大部份贊助商的廣告，都是你我都有機會接觸到的，這足以看得到，法國果然是適合居住的國家。

進步中的俄超

上面提到過歐豬，接下來看看近年經濟快速增長的金磚國家，當中的俄羅斯是代表之一，俄超胸前贊助商包括澤尼特的天然氣、莫斯科斯巴達的石油、喀山魯賓的化工、莫斯科中央陸軍的智能系統、格羅茲尼的國家基金會等，其他球隊的贊助商則有博彩、銀行、能源、鐵路等。

這可以看到俄羅斯是一個正在發展的國家，鐵路、石油、天然氣等正是國家發展的必需品，而且也可以看出俄羅斯的天然資源豐富，當然發展中國家，還有很多不足之處，俄超也有球隊是沒有贊助商的。

東亞兩個差異大

談過歐洲後，看看我們所在的東亞兩國，先來看看日本球隊贊助商，鹿島鹿角房屋設計、FC 東京天然氣、柏雷素爾電器、名古屋鯨魚汽車等，還有其他球隊如食品、汽車、電訊等等，情況有點像德國，這可以證明日本是一個工業大國。日本球隊的贊助商還有一個很大的特色，就是本賽季 18 支球隊中有 3 隊是本土汽車品牌，佔總額六分一，這也可以看出日本是一個汽車王國。

最後看看中國，中國超級聯賽的 16 支球隊中，有多達 10 隊贊助商（或背景）是地產商，可以看到中國的地產市道相當暢旺。

心滿意足

　　各位讀者，大家有空時，不妨看看其他各國聯賽的球衣胸口贊助商，是否也能找到該國的特色，這或許會令大家對足球更加入迷呢！原來在足球世界裡，並非只是運動、商業那麼簡單，還能代表一個國家的特色與文化。

26
英格蘭足總盃由盛轉衰

文：華希恩

　　如果有人問說同治 11 年發生了什麼大事，你會如何回答呢？如果換了一個問法變成「公元 1872 年發生了什麼大事？」，這樣是否會比較容易作答？還是沒有頭緒嗎？不要緊，現在這揭曉答案吧。原來當時「中華民族」還是在慈禧太后統治下的清國生活，香港人逐漸習慣受英國人統治之時，英格蘭展開了首屆足總盃，成為全球首項現代足球賽事。

近年很少意外戰果

　　大家還記得曾經被稱為「爆冷溫床」的足總盃，最近一次由紙面實力較弱的球隊在決賽擊敗強隊奪冠是什麼時候呢？原來已經是 2013 年的往事。當年億萬大軍曼城竟被最終在英超降級的威根以 1 比 0 擊敗。在威根奪冠前的決賽爆冷賽果，已經是 1988 年的溫布爾登擊敗利物浦。而在威根奪冠後，雖然赫爾城和沃特福特曾經打進決賽，卻始終分別不敵兵工廠和曼城，無緣成就偉業。

歷史最悠久的比賽

　　英格蘭足總盃從 1872 年開打，至今已接近 150 年歷史，除了在第一次和第二次世界大戰期間停辦，其餘時候每年都會舉辦一屆。在 1970 年代和 1980 年代的香港，除了世界盃和歐洲盃，就只有足總盃可以收看直播，當時的歐洲聯賽都沒有電視直播。所以足總盃直播節目是球迷們引頸而待的盛事，不少人包括我會隆重其事，在直播開始前準備好零食和飲品，好好

享受每年就只有這幾場足球直播。所以我從小便知道足總盃的
地位崇高，而且是爆冷溫床，連決賽的賽果也可以出人意表。

　　由於足總盃是英格蘭足協轄下所有成員球隊都可以參加，
包括業餘聯賽球隊，所以造就不同組別聯賽球隊的交手，有時
比賽雙方更是強弱懸殊。不過高級別聯賽球隊不一定勝出，與
聯賽盃不同的是，由於聯賽盃受關注程度在英格蘭本土一向也
不高，所以有時候強隊為了保留實力爭取聯賽和足總盃冠軍，
而以半放棄態度派出青年球員或副選球員應付了事，從而爆冷
味道沒有那麼強。不過足總盃就完全不同，由於球隊留力的情
況較少，如果這樣也可以擊敗強隊的話，爆冷味道便重很多。

爆冷的原因

　　為何足總盃經常出現爆冷戰果呢？我認為有以下原因：

1. 英格蘭足總盃地位崇高

　　除歷史悠久，英格蘭足總盃在英格蘭的地位崇高，英格蘭
足協會安排比賽在周末（重賽例外）上演，連聯賽都要讓路。
而且各支球隊都以爭奪冠軍為榮，大部份都會全力以赴。所以
英格蘭足總盃經常會出現爆冷賽果，因為低組球隊的拼搏精神，
常令高組別球隊措手不及，隨時也因此而落敗。

2. 個人表現

　　一般球迷或觀眾很難會留意到低級別聯賽，更難留意低級
別球隊的球員，所以這些低級別的球員都會在足總盃特別努力，

除了令所屬球隊有好成績，也希望能獲得高級別聯賽球隊垂青，好像前澳洲國腳 Tim Cahill 率領英冠球隊米爾沃爾打進決賽，因此獲得埃弗頓賞識成為該隊傳奇球員。曾在英超征戰多年的前鋒 Kevin Davies，也是因為協助還在英乙聯賽的切爾斯特菲爾德打進足總盃 4 強，才獲得南安普頓的招徠，及後也踢過布萊克本流浪和博爾頓，成為博爾頓史上其中一名代表人物。

3. 低組別球隊主場特強？

英超或英冠球隊作客低級別球隊的時候，經常都無法輕鬆取勝，因為很多低級別球隊的球場質素沒有自己和聯賽對手的主場那麼好，「享受」慣了的球星在這些平坪上不適應，特別是心理上要避免受傷對他們造成影響。反正因為有重賽（現在從 8 強戰開始取消重賽），所以只要保住不敗，回到主場才大殺對手也行，也因此給予低級別球隊爆冷的機會。

當然部分英超球隊也會為了「照顧」低級別球隊，一般是有聯姻關係或是為強隊培育年青球員的衛星球隊，所以作客低級別球隊時故意留力製造重賽，讓低級別球隊先在主場獲得門票收入，再於客場獲得電視轉播收入，這些對於英超球隊來說是「小錢」的收入，卻是足以養活低級別聯賽球隊一年甚至數年的龐大收益。

爆冷變少了

可是隨著英超和歐冠的出場費和獎金愈來愈高，令就算是冠軍球隊也只能參與歐足聯盃的足總盃，近年的受重視程度越來越低，爆冷賽果也變得愈來愈少。

自從英超成立後，英國國內和世界各地的球迷能夠收看的足球直播場數大幅增加，不足數年已發展為大部分聯賽比賽都可以收看直播或轉播。相反足總盃的進步速度遠遠地追不上去，就算每一圈賽事都有直播也只是寥寥數場，部分球迷較多的強隊比賽還是沒能看到。而且因為足總盃初段的比賽強弱懸殊，縱然可以製造爆冷的懸念，可是還是以強隊輕鬆取勝居多。而且看慣了英超的球迷也愈來愈不喜歡爆冷，因為他們愈來愈不喜歡看沒有強隊參與的比賽，所以縱使某年足總盃4強是米爾沃爾對威根，受關注程度也無法與一場有曼聯、利物浦或兵工廠參與的普通聯賽比賽等量齊觀。

英超全球收視超高

英超聯賽越來越受歡迎，收視率越來越高，電視轉播收入更是水漲船高，使不少球隊對足總盃的興趣不斷下降。連英超降級球隊也可以因為英超的「保護傘」政策之下獲得數千萬鎊收入，能夠繼續參與英超獲得的收入自然高很多。所以對於保級球隊來說，與其在足總盃爭取「虛榮」，倒不如努力留住英超席位，英冠前列球隊也一樣，寧願爭取升上英超也不會「浪費氣力」爭取足總盃。縱然英格蘭足總也增加了足總盃獎金，

不過相比起英超的轉播費用實在太微不足道，而且要很努力打進決賽才有獎金，相信智力正常的領導層都懂得如何選擇吧。

另一方面，歐足聯也要為足總盃和歐洲各國盃賽地位下降負上責任。以往全稱為歐洲冠軍球會盃的歐冠就真的只有每國的頂級聯賽冠軍球隊才可參加，足總盃冠軍則與其他國家的盃賽冠軍角逐歐洲盃賽冠軍盃，兩項賽事的地位差距沒那麼大。可是自從歐足聯為了安撫曾經希望「另起爐灶」，從各國聯賽獨立出來組成歐洲超級聯賽的各國豪門球隊，而將歐冠規模大幅擴大，讓歐洲各國聯賽的頂尖球隊都能參與，從而令歐冠的獎金和電視轉播收入大增後，其餘歐足協舉辦的球會級賽事便淪為附庸，盃賽冠軍盃甚至在擴軍後數年便倉皇結束。更要命的是足總盃冠軍和各國盃賽冠軍不是獲得歐冠參賽資格，卻是只能參加次級的歐洲足聯盃，令強隊們更不重視足總盃。

足總盃的地位大幅下降是不爭的事實，只要我問大家兩條問題，大家便會明白。第一條是大家目前是關心英超積分榜形勢或是足總盃晉級路線圖較多？第二條是大家還記得最近 5 屆足總盃冠軍分別是哪些球隊嗎？

27
英超訓練學校

文：華希恩

心滿意足

英超在歐洲足聯球會系數多年來跟西班牙分列第一和第二位，在知名度和商業價值上更是全球首屈一指，但是英格蘭國家隊的成績卻總是追不上，世界盃和歐洲盃冠軍球隊中，也沒有太多冠軍隊成員效力英超球隊。不過另一方面，英超也孕育出不少球星及令不少國家隊的水準提升，儼如英超是一間訓練學校。

第一支因為英超而獲得大幅度提升的國家隊是挪威，挪威雖在 1934 年參與過世界盃決賽圈，可是往後數十年只是世界足壇的小角色，到了 1990 年代，他們有一批球員獲英格蘭球隊垂青，包括托特勒姆熱刺門將 Erick Thorstvedt、奧特姆後衛 Gunnar Halle、切爾西的 Erland Johnsen、利物浦的 Stig Inge Bjorneboye、布萊克本流浪的 Henning Berg、諾特漢姆森林的 Lars Bohinen 和 Erling Haaland 的父親 Alf-Inge Haaland、謝菲聯前鋒 Jostein Flo 和斯溫登前鋒 Jan Aage Fjortoft，他們在 1994 年世界盃資格賽剛好跟英格蘭和荷蘭同組，結果這些球員在英超獲得鍛鍊後組成一支實而不華的鐵血之師，把當時迷失方向的英格蘭擊倒，與荷蘭一起取得美國世界盃決賽圈入場券。挪威在這一屆決賽圈與義大利、墨西哥和愛爾蘭同組，挪威先在首戰以 1 比 0 擊敗墨西哥，可惜第 2 戰卻以 0 比 1 不敵十人應戰的義大利，及後以 0 比 0 打和愛爾蘭。雖然挪威跟其餘 3 支球隊一樣是 1 勝 1 和 1 負，連得失球差也一樣，可是因為進球最少而成為小組最後一名被淘汰。

挪威在這一屆世界盃後延續黑馬身份，並有更多球員加入英超球隊行列，比如是後衛 Ronny Johnsen、中場 Oyvind

128

Leonhardsen、前鋒 Tore Andre Flo 和 Ole Gunnar Solskjaer，所以實力更強之下打進 1998 年世界盃決賽圈，當屆賽事 23 人大軍中有 11 人是效力英超球隊。挪威在這屆賽事打和挪威和蘇格蘭，最後一場分組賽爆冷以 2 比 1 反勝巴西打進 16 強淘汰賽，可是再次不敵義大利出局。

比利時國家隊是近年冒起最快的國家隊，這支從 2002 年參與世界盃決賽圈後缺席大賽決賽圈 12 年的球隊，在 2014 年世界盃起便成為舉世公認的強隊，甚至是世界盃或歐洲盃奪冠熱門球隊之一。這支稱為「歐洲紅魔」的球隊在 2014 年世界盃決賽圈有 11 名球員是效力英超球隊，包括主力後衛 Vincent Kompany, Thomas Vermaelen, Jan Vertonghen，中場 Marouane Fellaini, Eden Hazard 和前鋒 Romelu Lukaku。這支年輕球隊只有已淡出主力陣容，也曾效力曼城的老將 Daniel Van Buyten 擁有世界盃決賽圈經驗，不過實力超凡的他們一舉打進 8 強賽，只以 1 球之差不敵阿根廷出局。這支比利時國家隊其他球員包括門將 Thibault Courtois、後衛 Toby Alderweireld、中場 Kevin De Bruyne、Steven Defour 和前鋒 Divork Origi 後來也成為英超球隊球員，23 人之中只有 6 名球員的履歷表上沒有英超球隊的名字。

比利時國家隊的成績愈來愈進步，在 2016 年歐洲盃也打進 8 強賽，到了 2018 年世界盃，比利時更淘汰日本和巴西，自 1986 年後再次打進世界盃 4 強賽。雖然在 4 強賽以 0 比 1 不敵冠軍球隊法國，可是在季軍戰以 2 比 0 擊敗英格蘭，取得

該國在世界盃史上最佳成績。比利時在 2016 年歐洲盃和 2018 年世界盃大軍當中，同樣也是有 11 名球員來自英超球隊。

另一支受惠於英超的國家隊是澳洲，澳洲從 2006 年起成為世界盃決賽圈的常客。英國畢竟是澳洲的前宗主國，所以在踢法上跟英格蘭相近之下，表現出色的球員獲得英超球隊垂青從而獲得鍛鍊也是自然不過。在 2006 年的世界盃決賽圈參賽名單中，有 11 名澳洲球員是來自英格蘭球隊，包括大家很熟悉的翼鋒 Harry Kewell、高中鋒 Mark Viduka、全能中場 Tim Cahill、鐵血後衛 Lucas Neill 和穩健門將 Mark Schwarzer，這支球隊也在分組賽壓過日本和克羅埃西亞，與巴西一起晉級淘汰賽。澳洲在 16 強賽與義大利平分秋色，可是在最後關頭輸了一個 12 碼，就這樣慘遭淘汰。

澳洲雖然在及後 3 屆世界盃決賽圈都可以參與，不過成績每下愈況。澳洲在 2010 年只有 6 名球員效力英超球隊，首戰以 0 比 4 慘敗在德國之下，雖然之後以 1 比 1 打和迦納和以 2 比 1 擊敗塞爾維亞，可是只能以小組第 3 名身份出局。到了 2014 年，澳洲只有隊長 Mile Jedinak 仍然效力英超球隊，實力逐漸下滑之下更在分組賽遭受荷蘭、西班牙和智利的圍攻，結果 3 戰皆北出局。到了 2018 年世界盃，澳洲僅 2 名球員效力英超球隊，面對法國、丹麥和秘魯 3 場比賽只得 1 分，而且僅有的 2 個進球是已經轉戰英冠球隊的 Mile Jedinak 以 12 碼球獲得，年屆 38 歲的 Tim Cahill 還是球隊最主要的進攻核心。雖然是否效力英超球隊並非決定一個國家足球水平的唯一標

準，不過英超是世上最頂級的聯賽，能夠有更多球員在這聯賽鍛鍊總比沒有來得強。

心滿意足

28
財政公平政策
真的公平嗎？

文：華希恩

前歐洲足聯主席 Michel Platini 在任時推行過一連串改革，其中一項最引起爭議的是「財政公平政策」。雖說是為了讓比賽更「公平」而推行，可是真的帶來公平嗎？

反壟斷？

這項政策是針對近年部分瘋狂燒錢擴軍的球隊而推行，或多或少反映歐美一直以來推崇的反壟斷政策。反壟斷政策當然難以壓抑大公司和大財團，但至少也讓他們不敢明目張膽的巧取豪奪，那麼用在足球世界又如何呢？

記得我剛開始看足球比賽的時候，大約是 1980 年前後，那時的英格蘭頂級聯賽仍稱為甲組時，由 1979-80 年到 1988-89 年賽季的 10 年間，共有 4 支球隊贏過聯賽冠軍，分別是利物浦、兵工廠、埃弗頓及阿斯頓維拉。至於近 10 年的英超，也有 5 支球隊贏過冠軍，分別是曼城、利物浦、切爾西、曼聯及萊斯特城。

1980 年代雖說利物浦雄霸英格蘭球壇，但那時整體收入、薪金等仍不算太高，利物浦並不會像今天的豪門那樣動輒以高價收購球星，仍以英倫三島球員為主力，那時也沒有「豪門」這稱號，最頂級的巨星比如是 Diego Maradona 和 Michel Platini 都不曾效力英格蘭球會。

至於今天的商業足球世界呢？一直堅持不會斥巨資收購球星的兵工廠，上次獲得英超冠軍已經是 2003-2004 年賽季了，曼聯、曼城及切爾西經常以天價收購球星。

西甲德甲豪門獨大

　　至於同時期的西甲呢？近 10 年只有 3 支球隊能獲得冠軍，除了皇家馬德里及巴塞隆納，就只有 2013-14 年賽季的馬德里競技。而 1979-80 年到 1988-89 年賽季的 10 年間，西甲也與英超一樣共有 4 支球隊奪得冠軍，除了兩支豪門球隊便是畢爾巴鄂及皇家社會。西甲其實已完全被皇馬和巴薩壟斷了。

　　至於一向被 Michel Platini 稱道的德甲，多年來也是拜仁慕尼黑及「其他球隊」爭奪冠軍，最近一支能與拜仁爭雄的球隊多特蒙德也不復當年勇，令拜仁已經連續 8 個賽季奪冠。尤文圖斯則在義甲已經創出史無前例的九連霸，壟斷情況是四大聯賽之中最嚴重。

英超較公平

　　英超在商業化的運作下，近 10 年的變化卻相當大，基本上投入大量金錢才能奪取冠軍，曼城與切爾西便是最佳例子，曼聯表面上似乎沒有那兩隊所花的錢多，但實際每年也斥巨資收購球星。近年不就是花費巨額金錢回購 Paul Pogba 嗎？

　　至於西甲雙雄，皇家馬德里曾推出「每年一星」政策就不用多說了，近年收購球星的數量也花了不少錢，至於巴塞隆納呢？雖然骨幹是自家的青訓產品，但在收購球員方面也絕不手軟，以往收購的 Zlatan Ibrahimovic、David Villa、Cesc Fabregas、Alexis Sanchez、Luis Suarez 到近年的 Ousmane Dembele 和 Antoine Griezmann，所花的轉會費絕對不少。

不求回報的投資

可以看到這些豪門為了保持爭標的優勢，幾乎每個賽季都花巨額金錢收購球員。在現今的商業足球世界，花巨額金錢去投放在足球上，其實未嘗不可。若以做生意的角度來看，我更認為有人願意投資在足球上不問利潤，這對足球會是壞的嗎？英超之所以能成為第一聯賽（指競爭激烈程度與收視率來看），也是因為開放政策，全球任何富豪（除了某沙烏地阿拉伯背景財團）也可以投資到英超，這便使英超的激烈程度更甚。

政策並不公平

或許應該這樣看，我並不認為這項財政公平政策真的很公平，它反而限制一些不求回報的投資者，要他們離開足球界，使這項全球第一大運動可能失去資金而已，但做不到所謂「公平」。

反而沒有提出這方法前的足球世界是更公平，任何球隊只要有「富豪」有興趣參與，也能搖身一變成為強隊。像一直只在中下游徘徊的曼城就是最佳的例子，既然任何球隊都有機會，這不也是另外的一種公平嗎？

至於富豪球隊可以動用大筆轉會費去收購球員，對於被收購球員的球隊，也能獲得不少的收入，這對雙方也有好處，若足壇因為這些限制令天價轉會費交易消失，無論對球隊或球迷來說也不見得有好處，媒體也少了很多話題。

而且這項「財政公平政策」還有一個令筆者更不明白的措施，就是禁止出戰歐洲賽，既然這項政策是針對負債的球隊，禁止出戰歐洲賽，不是令該支球隊的負債情況更是雪上加霜嗎？若在現實世界中，只要一家公司有薪水發給員工，有誰會理會公司是否獲利？如是上市公司，股價也能反映有關盈虧狀況。

先解決收入問題

筆者認為若要做到公平，回歸公平的真正定義，就是「立足點」平等。首先應該效法 NBA 那樣限制薪酬，即是薪金有上限，而並非如今天那樣球員的薪金無限制，所以永遠都是豪門球隊搶贏球員的擁有權。

如果有薪金的上限，在英超效力切爾西與富勒姆的薪金相差不很遠時，有些球員可能會考慮更多金錢以外的條件，才決定加盟哪支球隊，比如上陣機會、在球隊的地位等等，這樣的話，雖然強隊仍然會受較多球員青睞，但願意效力中型球隊的球員相對現在或許會多一些，這使得強隊陣容只是稍強於中型班而已，競爭距離相對不大。

除了薪酬上限，也應該規定各大聯賽的電視轉播費收入像英超般必須平分，比如曼聯的轉播費收入與降級球隊不會差天共地。卻不要像西甲那樣，聯賽排名最後 13 位的球隊的轉播分紅只有約兩大豪門總和的十分之一，這絕對是不公平。

最後總結一下，若只以四大聯賽來看，英超目前仍算是公平的競爭，雖然強隊與弱隊的距離有存在，但畢竟還不算是兩

極化。而西甲的貧富懸殊卻非常嚴重，而且除非有富豪入主，否則富者永富、貧者永貧。所以我認為歐洲足聯應該先解決各隊的收入問題，而非限制有錢人投資吧！

29
淹沒在歷史洪流的
前東德霸者們

文：華希恩

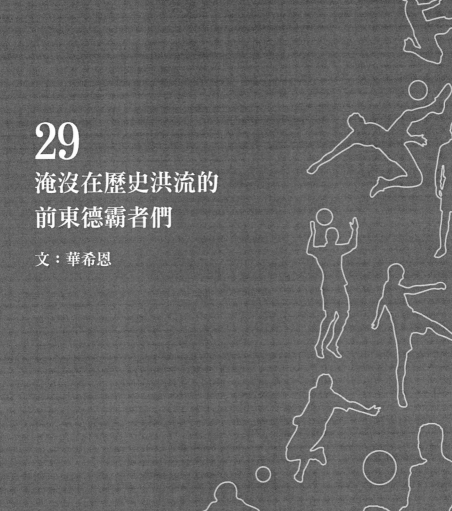

德國統一不知不覺已是 30 年前的往事了，雖然以往德國分裂的時候，西德無論在國家隊和球會賽事層面都壓倒東德，不過萊比錫火車頭（Lokomotive Leipzig）、德累斯頓迪納摩（Dynamo Dresden）等球隊名稱對資深球迷來說相信仍有一定印象。隨著柏林聯在最近兩個賽季重返頂級聯賽，以及來自前東德地區的 RB 萊比錫近年在歐洲足壇冒起，前東德足球往事再次引起外界關注，這次就讓我們回顧一下一些昔日東德著名球隊的情況吧！

合併後的德國聯賽

1990 年柏林圍牆倒下，東、西德宣布合併統一，不過實際上是無論是政府架構、政治制度、貨幣、甚至是足球等體育聯賽，東德是「加入」在西德原有系統上。所以在 1991-92 年賽季展開的首屆德國甲級聯賽，是按此前一個賽季的東德甲級聯賽成績最佳的兩支球隊，就是羅斯托克（Hansa Rostock）和德累斯登迪納摩，加入原屬西德甲級聯賽的 18 支球隊合組而成，形成有 20 支球隊參與最終有 4 支球隊降級的聯賽。同屆的德乙聯賽則是東德甲級聯賽成績第 3 至 8 名球隊加入西德乙級聯賽體系組成，其他前東德球隊則加入統一後的德國低級別聯賽。

末代冠軍羅斯托克

羅斯托克於 1965 年成立，1990-91 年賽季奪得最後一屆東德甲級聯賽冠軍，也是他們唯一一次成為東德冠軍，並因此獲得歐洲足聯特別准許與最後一屆西德甲級聯賽冠軍球隊凱沙

羅頓，一起代表德國參與 1991-92 年歐洲冠軍球會盃（當年的
歐冠只讓每個國家的頂級聯賽球隊參賽，除非是上屆冠軍又沒
能取得聯賽冠軍，否則每個國家只有一支球隊參賽）。可惜羅
斯托克在首圈便遇上巴塞隆納，兩回合總比分負 1 比 3 出局
（剛好凱沙羅頓在次圈也是被巴薩殺退，這是題外話）。而羅
斯托克在首屆德國甲級聯賽只能以第 18 名完成賽季，只踢了
1 個賽季便跟另外 3 支前西德球隊降級。

　　經 3 個賽季在德乙的打拼後，羅斯托克在 1995-96 年賽季
重返德甲並成為亞軍，及後逗留了 10 個賽季，在 2004-05 年賽
季才再次降級。後來羅斯托克在 2007-08 年再返回德甲，可是
這次堅持了 1 個賽季便降級，這也是他們至今最後一次在德甲
角逐。羅斯托克近年的情況相當糟糕，在 2012 年賽季第 2 次
降落德丙聯賽後便一直沒有升級，2020-21 年賽季已經他們連
續在德丙征戰的第 8 個賽季。

　　東德國家隊歷史上上陣次數最多、及入球最多的著名球星
Joachim Streich 曾在羅斯托克效力過多個賽季，在 1992 年歐洲
國家盃決賽圈披上德國隊 10 號戰衣，成為德國統一後首名大
賽「10 號球員」的 Thomas Doll 也曾經是羅斯托克的主將。到
了千禧年代協助勒沃庫森成為德甲強隊的 Stefan Beinlich 和
Oliver Neuville，也是在羅斯托克打響名堂。

八屆冠軍德累斯登

德累斯登成立於 1953 年，並曾 8 次奪得東德聯賽冠軍，並在最後一屆東德聯賽的賽季獲得亞軍，因此成為其中一支參與統一後首屆德甲的球隊。他們的續航力比羅斯托克好，能夠連續 4 個賽季征戰德甲，不過由於財力跟德甲列強有差所以只是保級球隊，在德甲的最佳成績也只是第 13 名。德累斯登在 1995 年終於要降級，及至 2020-21 年賽季都沒有再重返息甲。不僅與頂級聯賽的距離愈來愈遠，德累斯登迪納摩多年來都因為財政問題而沒能好好踢球，

這支東德亞軍比冠軍成績稍佳，能夠連續四個球季留在德甲，不過每季都在下游位置掙扎。最佳成績也只不過是 1993-94 年賽季的聯賽第 13 名和德國盃 4 強，直到 1994／95 球季，特雷斯登終於要降班了，而且還因為欠債而直接降到地區聯賽，自此之後特雷斯登始終未能重返德甲。而近年更因債務纏身，特雷斯登的境況並不理想，2000-01 年賽季更掉進第 4 級別聯賽，及後他們一直在德乙和第 3 級別聯賽（2007-08 年賽季前的北部地區聯賽和 2008-09 年賽季起的德丙聯賽）游走。德累斯登迪納摩在 2019-20 年的德乙賽季成為最後一名，結束連續 4 季的德乙之旅，在 2020-21 年賽季再次參與德丙。

德累斯登曾經出現不少名將，澳洲前首席門將 Mark Schwarzer 在英格蘭踢球前便短暫踢過德累斯登，曾經獲得德甲金靴獎的 Olaf Marschall 也是他們的舊將。至於獲公認為德國統一後來自東德地區的最佳前鋒 Ulf Kirsten，以及 1990 年

代德國足壇舉足輕重的名將 Matthias Sammer, Jens Jeremies 和
Alexander Zickler 也是出身於德累斯登的青訓系統。

名氣不小的萊比錫火車頭

　　至於另一支我在本文提及過的球隊萊比錫火車頭則成立
於 1893 年，是 1903 年曾屆德國全國足球大賽的冠軍，及後在
1906 和 1913 年再奪錦標，不過在東德時代從沒有拿過聯賽冠
軍。他們最輝煌的日子是 1986-87 年的歐洲盃賽冠軍盃中，一
路打敗維也納迅速、瑞士球隊錫永、法國的波爾多打進決賽，
可惜在決賽遇上擁有 Marco van Basten 和 Frank Rijkaard 和剛
出道的 Dennis Bergkamp 等大量荷蘭名將的阿賈克斯，最終以
0 比 1 僅負成為亞軍，上一段提及的 Olaf Marschall 也在當年
決賽代表萊比錫火車頭上場。

　　由於萊比錫火車頭在 1990-91 年賽季的東德甲級聯賽只獲
得第 7 名，所以在 1991-92 年賽季加入德乙聯賽。萊比錫火車
頭在第 2 個賽季德乙獲得第 3 名，因此在 1993-94 年賽季首次
參與德甲，可是在德甲只能獲得 3 勝 11 和 20 負成績，以最後
一名身份降落德乙，也是從此至 2020-21 年賽季都沒有再次征
戰德甲。而且球隊在 2004 年經營困難導致破產，球隊被逼重
組後一度要征戰德國第 11 級聯賽，近年則是在第 4 級別的東
北地區聯賽角逐。

　　萊比錫火車頭也出產過名將，曾經在曼城等英超球隊效力
的 Uwe Rosler 便是來自這支球隊的青訓系統。1991 年歐洲金

靴獎得主，前南斯拉夫國腳前鋒 Darko Pancev，也在 1993-94
年賽季以借用形式從國際米蘭來投踢了半個賽季。

中國人熟悉的科特布斯

　　對於華人社會來說，近年最熟悉的前東德球隊相信是科特
布斯（Energie Cottbus），因為這支球隊曾經在 2000-2004 年和
2007-09 年期間征戰德甲，而且中國國腳邵佳一在這支球隊成
為主力球員。

　　科特布斯在 1966 年成立，可是沒有拿過東德甲級聯賽冠
軍，在末代東德甲也以第 13 名（倒數第 2 名）完成賽季，在
1991-92 年賽季只能征戰德國第 3 級聯賽。後來在千禧年代的
輝煌時刻相信有一定看球資歷的球迷也記憶猶新，雖然沒有明
星級球員卻能成為德甲強隊殺手。可是自從 2009 年降級後，
科特布斯再也沒法回到德甲，這些年都只能在德乙至第 4 級別
的東北地區聯賽游走，他們在 2020-21 賽季繼續留守東北地區
聯賽。

歐洲盃賽冠軍的馬特堡

　　馬特堡成立於 1965 年，1973-74 年賽季是馬特堡歷史上最
成功的賽季，他們在這個賽季的歐洲盃賽冠軍盃擊敗 AC 米蘭
成為冠軍。馬特堡在 1990-91 年東德甲奪得第 10 名，因此只能
在 1991-92 年賽季參與第 3 級別的中部地區聯賽，德國統一後

從沒有參與過德甲，多年來只在低級別聯賽比賽，近年則是德
丙聯賽的核心球隊。

計劃經濟後遺症

縱觀以上稍具名氣的東德球隊，都不約而同地在西德與東
德統一後，沒有一支球隊能在德甲有很好的成績，大部份都在
德乙甚至更低組別的聯賽渡日。德國統一後的這 30 年間，經
濟基礎雄厚的前西德地區足球發展迅速，除拜仁慕尼黑外還出
現過不少強隊，但前東德地區球隊在德甲沒法競爭的現實一直
沒法改變（近年崛起的 RB 萊比錫是德國統一後才由大企業建
立的球隊），近年前東德球隊難以升上德甲，2020-21 年賽季
的德甲只有柏林聯是前東德聯賽球隊，德乙也只有奧厄
（Erzgebirge Aue）是來自前東德地區。

缺乏足夠資金、球隊經營不善、營運方式落後等原因導致
東德球隊處於財政狀況窘迫、負債累累的困境，即使是昔日勁
旅也只能在德國低組別聯賽角逐。以往在計劃經濟的支援下，
東德球隊沒有太大的競爭壓力，但在統一後各隊要自負盈虧，
且突然面對的是現實殘酷的職業聯賽，各東德球隊無法適應，
紛紛陷入財政困境，在球場建設、贊助商、電視轉播、球迷購
買力等諸多方面，東德球隊難以與西德球隊抗衡。而且即使是
前東德地區球隊培養出來的球星，也紛紛「一路向西」轉投西
部球隊。除了在上文介紹過的球星，東德仍有不少知名球星，
如已故的門將 Robert Enke、前德國隊隊長 Michael Ballack、前

145

心滿意足

德國國腳 Bernd Schneider 都是出身於東德青訓系統，不過全是
在前西德地區的球隊揚名立萬。

30
數據真的可以
反映球賽實況嗎？

文：華希恩

有些球迷甚至部份球評家在分享比賽心得時，都很愛用一些表面數字來評論這場比賽，例如是射門次數、控球率、角球次數、越位次數等作評價，當中大多數意見更認為射門次數或控球率較高一方踢得較好，所以理應擊敗對手。這樣問題就來了，是這些表面數據真的能反映比賽實況嗎？

贏球不一定是踢得好

我一直認為要真正分析或了解比賽，必須是看完整場比賽才可深入了解。就算是看完整場比賽，如果評球者缺乏閱讀球賽能力也難以分辨好壞。舉例來說，假如甲隊以 3 比 0 大勝乙隊，很多人就會說甲隊踢得好，乙隊踢得不好。不過有一定看球年歲的朋友應該知道足球比賽並非 3 大於 0 的簡單數學題目。

我看過不少比賽是踢得較好的一方竟然無緣無故的輸球，有時某隊輸了一球後希望努力反攻，可是在比賽結束前還沒追平，反而會因為體力和精神上無以為繼稍為鬆懈，於是多輸幾球，最後便做成懸殊賽果。

另一方面，贏球球隊不一定踢得比輸球球隊好，記得 1990 年世界盃一場十六強賽事，巴西對阿根廷，全場比賽巴西壓著來打，但一次失誤，再加上球技超凡的馬拉度納一個直線，落敗的正正是踢得好很多的巴西。

兩隊踢不好也有勝方

除了踢得較差的球隊反而成為贏家，另一種更有趣的情況是比賽雙方都踢得不好，可是也會出現懸殊比分，更容易令人產生大勝的一方踢得非常好的錯覺。對於我來說，關於這種情況的深刻例子是 2009-10 年度的德甲賽季，勒沃庫森在賽季初的排名很高，於是我在下半賽季收看他們的比賽，其中一場是客場對霍芬海姆的比賽，可是一看下去就覺得勒沃庫森的表現不外如是，可是結果卻是他們胡裡胡塗的贏了個 3 比 0。之後我再看另一場對弗賴堡的比賽，勒沃庫森也贏了 3 比 1，還因此上了積分榜首，不過他們的表現根本毫無說服力，能夠有好成績是運氣使然。後來勒沃庫森沒有運氣相助下也一落千丈，在最後 14 場比賽只贏了 3 次，最終只得能成為聯賽殿軍，由於當時德甲只有 3 個歐冠參賽資格，所以他們也沒能參與下賽季的歐冠。

我以上所說的只是想證明，一場比賽就算有看過也難以判斷實況，評論球賽是需要很多經驗及感覺輔助，更何況是沒有真正看過比賽？所以評論球賽切忌人云亦云和盲目相信數據。

射門次數

很多人都愛用射門次數判斷球隊的實力，就如我剛才所說的，連比分也無法表達哪支球隊是表現較好，何況是射門次數呢？雖然有些機構列舉的統計數據包括射門命中次數，可是看過球的都知道射門也有強度十足的威脅射門和軟弱無力得就

149

算沒有對手攔阻也可能溜不進球門的射門之分，另外還有直接
射向對方守門員的射門，甚至傳球失誤反而變為射門，不過這
些射門只要是預計可以打中球門就會獲列入射門命中次數內，
而這些射門當中大部分是根本無法威脅對手。反而是射門次數
很多的情況下只有寥寥可數的進球，這樣的數據應該要解讀為
這一隊的射門水平低和把握能力差。

射球指數

控球率看似是可以分辨球隊實力的指標，不過控球率卻是
比射門次數更不可靠的數據。比如是近年非常強調控球在腳的
巴塞羅納，他們大部分比賽的控球率高於對手，甚至較誇張的
情況是全場比賽控球率逾七成。當然巴薩是強隊沒錯，可是控
球率高的比賽全部都是贏球嗎？顯然不是，巴塞隆納即使在輸
球時，他們的控球也可以高於對方。另一方面，有不少著重防
守的球隊喜歡把皮球停留在自己的後半場，如果對手沒有積極
搶球，就自然獲得較高的控球率，這樣的球隊就可以斷然是表
現好的球隊嗎？

角球數

角球次數比控球率更沒有參考價值，一般是進攻一方射門
被對手擋出底線便獲得角球，所以角球較多的球隊便代表射門
次數較多，表現自然較好。不過如果是進攻一方射偏了，或是
對手把皮球擋到邊線，進攻一方只得到界外球，界外球從來都

沒有被列入「參考數據」之列，在這些情況下角球次數少了，可是這樣就代表進攻一方踢得沒那麼好嗎？

犯規數目

　　至於犯規次數和紅、黃牌數目只能讓球迷知道裁判在比賽中裁定了多少次犯規和給了球員多少紅、黃牌而已。畢竟足球比賽不是電子遊戲，電子遊戲當中的裁判是只要偵測到犯規動作便肯定判罰，甚至懂得明察秋毫的按適當的犯規嚴重程度給予紅、黃牌。不過現實的裁判是經常出現錯誤，就算是最高水平的世界盃或英超裁判也經常出現為人詬病的誤判。所以比賽期間可能出現很多應該判罰的犯規卻沒有判罰，不應判罰的動作反而被判罰，也可能出現應給的牌沒有給，反而不應給的牌卻出現了，這些情況的嚴重情況是幾乎每場比賽都會出現。所以這種完全無法獲得準確數字的數據也怎可能成為評論球賽的指標呢？

越位

　　至於越位數字則更是無聊，越位不一定是因進攻造成的，有一種情況是後衛球員開大腳把皮球解圍到前半場，剛好前鋒隊友沒能趕及回徹，仍然站在越位位置，這樣就會被裁判判決為越位。就如我剛才所說，越位次數也是由裁判決定的，所以只要裁判水平較差，將本來不算越位的進攻判為越位，數據參考價值便大幅降低。再者越位次數較多很可能是進攻球員不擅處理越位問題，反而是進攻球員能力不足的表現。

151

還是多看比賽吧

　　我列舉以上的數據誤差例子想表達的是，數據看一看就算了，這些表面數據根本難以反映比賽實況，更無法協助觀眾判定那一支球隊較強。如果想深入了解比賽實況和球隊實力，多看比賽就是唯一方法。

31
第一隊：尤文圖斯

文：金竟仔

「我們是用過去定義未來。」40 歲隊長兼門將 Gianluigi Buffon 曾說。筆者最近觀看了 Netflix 原創紀錄片《第一隊：尤文圖斯》（First Team：Juventus），值得向讀者推介，首三集帶我們由過去到現在，由黑白到多姿多采，實為誠意之作。

尤文是百年老字號，成立於 1897 年，歷史悠久。球會名稱從拉丁語 iuventus 演化而來，解作「青春」和「少年」。球隊主場黑白直間球衣的設計理念來自英格蘭老牌球會諾士郡，設計風格自從 1903 年之後便未曾改變，矢志不移。故此上賽季管理層大膽改變隊徽時，曾引起忠實粉絲強烈反感。被視為義大利足壇史上最成功的球隊，尤文外號眾多，主要流行的有老婦人（La Vecchia Signora）或斑馬軍團（Le Zebre），其實，還有一般讀者較少聽到的「義大利女友」（Fidanzata d'Italia）、「黑白兵團」（Bianconeri）等等。

球會地位由成績所築起，尤文隊史上共獲得 60 個重要錦標，包括 33 次義甲冠軍、12 次義大利盃、7 次義大利超級盃和 2 次歐冠獎盃等。本賽季與拿玻里展開巔峰對決，衝擊聯賽七連霸。英文片名 First Team，可解作一線隊，同時可寓意為「首屈一指」的豪門，事實是在三大本土賽事的奪魁次數，義國其他勁旅如 AC 米蘭、國際米蘭和羅馬等，與尤文相比，也只能望其項背。

穿過斑馬戰衣的球星數之不盡，遠的不說，單是近 20 多年就有兩代義國金童 Roberto Baggio 和 Alessandro Del Piero、上世紀球王 Zinedine Zidane、前法國尖刀 David Trezeguet、捷

克「子彈」Pavel Nedvěd、前金球獎得主 Fabio Cannavaro 和瑞典鬼才 Zlatan Ibrahimović 等，多不勝數。美國影片網站 Netflix 近年積極炮製原創作品，關於英式足球題材的為數不多，這次顯然是透過斑馬軍團名氣來測試市場反應，首 3 集已經上架，全球網民也可收看，預計餘下兩集也會於本年內面世。

《第一隊》選擇在上賽季歐冠決賽後拉開序幕，帶我們體驗都靈市街頭的古樸謐靜，細察義大利文藝復興烙印的建築物，美不勝收。命運總是弄人，「老婦人」共 9 次殺進歐冠王者之戰，但僅在 1985 年和 1996 年捧盃而回，對上三年來兩次闖進決賽均鎩羽而歸，擺脫不了老二命。主帥 Massimiliano Allegri 自言：「我不斷反問自己，是否做得不夠好，當勝利變得理所當然，壓力便會隨之而來。」

紀錄片中第一個鏡頭，西裝筆挺的尤文球星，帥帥的由隊車大步踏出來，英氣地拍攝團體照，可見是非一般足球紀錄片。傳統需要傳承，斑馬軍團近幾十年來必定會到訪同一個小鎮展開賽季，主席會向全隊訓話，隨後由一線隊球星與青年軍進行熱身賽，讓小鎮居民感受一下「大戰」氣氛。比賽結束後，全部粉絲會「靜靜」衝進球場，零距離與偶像接觸，球員也會按照「傳統習俗」，把身上物品逐一脫下，球衣、球褲連同球鞋甚至個人物品，大方地送出去，通常最後是脫個清光，只剩下一條內褲。

由配樂、畫面到說故事方式，這部紀錄片充滿電影感，節奏明快，且人情味滿滿，讓觀眾見到球員的不同面貌。「我經

常獨個兒偷哭,有時候流淚是有用的,助你釋放壓力,但是,我從來不為足球而哭泣,或許會感動,而非輸波或失敗,那些眼淚帶着些浪漫色彩。」Buffon 在片中深情剖白。未必每個粉絲都認同阿根廷射手 Gonzalo Higuaín 的能力,但在球場外,他是平易近人,顧家孝順,右手臂紋身全是家人的名字。「我們一家和足球結下不解緣,兄弟都是足球員,爸爸以前也是足球員。記得年輕時就算我在一場比賽踢進 2、3 球,他都是先點出我的不是,然後才讚上一兩句。」

當尤文隊史進球王 Del Piero 掛靴之後,1993 年加入青年軍的中場 Claudio Marchisio 接棒成為本土代表,鏡頭隨他回到青訓基地,勉勵後輩:「學做球員之前,先要學會做人。」今天的職業球員就算沒有比賽的日子,也要接受球隊安排的商業活動,私人時間有限,波赫中場 Miralem Pjanić 是典型暖男,帶攝製隊回家分享家庭之日常。其天真爛漫的兒子笑言:「我很會守龍門,跟 Buffon 一樣厲害。」為何歐洲足球的土壤如斯肥沃,這就是薪火相傳的起點。紀錄片美中不足的地方是,資深足球迷發現字幕翻譯員似乎對足球不太熟悉,全片出現不少錯處,例如把終場寫成「決賽」,十二碼點球寫成「罰球」,但初試啼聲,也情有可原。

(2018 年 11 月)

32

好球員之心

文：金竟仔

作為一名好球員要學會擁有責任心，爭勝心，同時還需要有著很強的理解能力，這樣才能算是擁有成為一名好球員的潛質。但是現在大多數球員的自尊心特別強。就連出了名的兩位老好人皮爾洛和梅西，在賽季初的比賽中被總教練頻頻換下場大發脾氣，令人大感意外。難道球員們真的要每場比賽踢滿九十分鐘才能夠滿足，在足球場上哪里有永遠驚心動魄和扣人心弦的緊張時刻？

隨著時代的變化，球員在球隊中的決定權越來越大。有責任心和雄心萬丈的球星，總是希望自己每場比賽都能踢滿九十分鐘。像本賽季聯賽第六輪，巴賽隆納主場四比一大勝皇家社會的比賽中，梅西在比賽中有進球。終場前十分鐘，比賽的大局已定，巴賽隆納本賽季新任總教練馬蒂諾（Martino）派出小將羅伯托替換梅西出場，下場後的梅西面露不悅，沉默不語，低頭走向替補席，甚至從馬蒂諾身邊經過時也沒有同總教練打招呼。坐到替補席上，梅西依舊沒有雙眉緊鎖看著場上。梅西這一表現立即被好事的媒體抓住，媒體立刻在第二天的報紙大做文章。

無論比賽中對手是弱旅還是強大如皇馬，球星永遠不想過早的被替換下場，只不過本賽季梅西在比賽中被換下，這是梅西三年以來首次因為非傷病原因被替換下場。馬蒂諾賽後接受媒體也不得不為自己解圍：「作為總教練我有責任保護他，他會明白理解我所做的原因，最重要的是到了賽季末段，梅西依舊可以保持著最佳狀態。」對於外界的議論，梅西在自己的個

人網頁上澄清：「沒有人喜歡被替換，當時自己在比賽中並沒有要求換人，但是我們必須為了球隊著想，必須服從教練的安排」。這件事是媒體的滿嘴胡言實在有點過頭了。梅西形象陽光，脾氣也很溫和，想不到他也一樣有急躁的樣子。

不過對於一名核心球員來說，在比賽中遭到教練替換則等於不滿意他在場上的表現。尤文圖斯中場大將皮爾洛自從二零一一年加盟之後成為球隊的靈魂人物，即使在魔鬼賽場中很少將他主動替換下場。本賽季在與國際米蘭的大戰中，還有在與維羅納的比賽時，總教練孔蒂則是在第六十六分鐘就換下了皮爾洛。換下場時，孔蒂（A.Conte）則是一路盯著皮爾洛，但是皮爾洛卻始終沒有正眼看孔蒂，而且他並沒有坐到替補席上，皮爾洛則是直接返回到了更衣室做出無聲抗議。賽後，孔蒂在接受採訪時為自己的換人作出解釋：「皮爾洛在比賽中被對手派出專人凍結，而且狀態不算太好，換他下場為了準備以後的比賽，他不高興嗎？這個我並沒有注意到。」

當日，孔蒂說並沒有察覺皮爾洛的不滿，但是第二天，就公開頒佈了新隊規：「球隊之前沒有明文規定，但從今之後，除非是受傷的球員，否則所有被換下場的球員都要坐在替補席為球隊加油打氣，如有違反者將接受內部停賽一個月」。然而假如一支球隊的球員經常出現被換下場球員怒目相向，甚至表示抗議，那麼教練的權威何在？如果球隊在比賽正常的戰術調動都要打電話請示老闆，那麼球隊和必要請教練為球隊出謀劃策呢？

　　事實上當每個球隊的王牌球員被換下時時常就會對教練心存不滿，即使對自己有提攜之情的人也沒有情面可講。上個賽季曼聯主場三比零大勝阿斯頓維拉，而弗格森（Ferguson）則是用維爾貝克（Welbeck）替換魯尼（Rooney）出場，下場時弗格森主動伸手，而魯尼卻看作沒看見徑直走過。魯尼的前隊友 C 羅（C.Ronaldo）在轉投皇馬的第一個賽季賽季，因為不滿被換下錯過了上演帽子戲法的機會，因而與今日曼城的主帥佩萊格里尼（Pellegrini）有所爭執。直到去年十一月對陣萊萬特的比賽時，才是第一次在半場休息時被換下。有的球迷應該還會記得那是因為 C 羅在比賽中眉骨受傷，不得不提早下場接受治療。

　　正如《阿斯報》引述前皇馬主帥穆里尼奧（Mourinho）的報告中，批評德國中場厄齊爾（Ozil）的言論：「他的心理素質極差，一旦面對其他球員的競爭，就會表現的患得患失。」危機感對於部分球員而言，可以變成良性的動力促使球員進步，反之也會給球員帶來巨大的壓力。還記得義大利「怪才」巴羅特利（Balotelli）效力曼城時在同桑德蘭的比賽中中途換下場，賽後立即乘坐飛機返回祖國義大利散心，這可算是經典中的經典。這反映了年青一代球員不懂如何消化和面對壓力。

　　歸根究底，讓球員不斷自我改進是需要有責任心的，爭勝心和好鬥心，即可以幫助球隊獲勝，同時也可以提升自己的足球水準。但反之往往也會有負面情緒，教練一旦處理不當，將會引發連鎖反應，連同其他球員也不聽教練指揮。總教練有責任與球員談論目前的處境。穆里尼奧一回切爾西，首先回應蘭

帕德（Lampard）的問題，他不可能像他巔峰時期那樣一個賽季踢六十多場比賽，隨著年齡的增大，他必須改變比賽風格。蘭帕德在第一次穆里尼奧執教時期，三個賽季平均替球隊和國家隊踢六十多場比賽，最近幾個賽季他的出場次數已經有所減少，歲月催人老，這是每個人都避不開的現實問題。

對安心枯坐板凳的球員，球迷大多都嗤之以鼻，同時又怕戰意太強的球員影響隊內士氣。因此我們不妨從經濟學原理去考慮「踢足每分鐘」的這個問題。一般的白領收入通常都是隨著年齡和工作年齡的上升而上升，而並不與工作效率有關係，這也導致不少剛畢業的大學生，懷著憤世嫉俗的怒火去看待這個社會。而英式足球同美式運動的支薪方式大不相同的。NBA的球迷會問，為什麼加內特在三十三歲的年薪要比三十一歲時要高。因為美國體壇採取的與社會接軌的薪酬模式—年資與人工成正比例上升，當一年球員簽下五年長約時，合約最後一年的年薪，才是五年之中最高的，所以一些老將才在職業生涯末期拿到更多的鈔票。

這種支付薪水模式的好處是，有效地打擊了懶散的員工濫竽充數，減低了員工跳槽的機會。而忠誠的員工則是願意甘心做下去，直到拿到那份間接的獎金。然而英式足球極少採用此類的薪資報酬，球員為了爭取更好的待遇，成績就是與俱樂部之間談判的本錢。像入球、助攻、傳中等資料，因此許多球員需要通過更好的資料來表現自己的能力。許多已成名的球星已經賺得盤滿缽滿腰纏萬貫，使得他們個人更有滿足感。

　　最後，我們有時候也會遇到選擇性資訊誤導；中外媒體常對球員發洩小題大做，譬如梅西怒開瓶蓋的事情，如果沒有看到片段的球迷朋友，是否會一瞬間認同媒體的說法。但是你如果自己再仔細考慮一下，就會另有感想。梅西擰開瓶蓋之後，附近沒有垃圾桶，不丟，他就只能拋、摔、砸。媒體卻寫成怒拋、怒摔、怒砸。如果梅西要是不用手去擰開，那就只能是嘴來開。因此媒體應該對廣大觀眾傳導正確的方向才是。

（2013 年 12 月）

33
我們都是足球員

文：金竟仔

　　足球是世界上最多人參與的運動，（半）職業足球員也是世界上最多，但很多人會抱怨同人不同命，我們都是足球員，為何 Wayne Rooney 周薪賺取 30 萬鎊？為何 C 羅身邊永遠美女如雲？我們缺乏比賽場地，收入低微，觀眾不多，但外國球星總是住豪宅、摟美女、開豪車，這世界真不公平？其實，台上風光人人見，台下辛酸無人知。

　　由全球職業足球員組成的組織 Fifpro（國際職業足球員協會），進入了一個深入的調查，嘗試為我們揭開足球世界的真實一面。外國體育產業龐大，我們從電視機看到的高薪球星，佔全球職業球員可能不達 1%（當然要視乎當地直播比賽的數量而定），Fifpro 的調查涉及 54 個國家，總共 1.4 萬名職業球員，包括歐洲、美洲和非洲，但沒有向相對保障相對較好的英格蘭、德國和西班牙足壇人士發出問卷。

　　調查結果顯示，41% 球員在近兩個賽季試過被老闆拖欠薪水，這些球員每月入息中位數介乎 1000 至 2000 美元之間，非洲和南美國家霸佔前五位，但由第 6 至 10 位均是歐洲國家，順序為馬爾他、土耳其、羅馬尼亞、斯洛維尼亞和塞爾維亞。「這些數據反映足壇最真實的一面，讓我們知道並非每個球員都擁有 3 輛汽車和 3 間豪宅。」Fifpro 發言人呼籲，我們欣賞足球比賽之餘，也應該關注無數被人忽略的職業球員。

　　國際足聯（FIFA）容許球隊延遲 90 日資薪，結果有 78% 球員在 90 日死線前才收到血汗錢，也有 10% 是超過 3 個月，基本生活也受到嚴重影響，柴米油鹽都成問題。假如 FIFA 坐

視不理，球員的權益誰來維護？「上賽季我効力過兩支球隊，前東家要求我放棄 3 個月人工，才批准我離隊，於是為了可以比賽和維持收入，我妥協並答應他們的要求。事與願違，新東家拖欠薪水半年，長達 9 個月我沒收過一分錢，期間只靠父母接濟，而且我還有兩名弟弟和一名妹妹在上學。」Fifpro 引述一名不願透露真實名字的羅馬尼亞球員經歷。

一名新加坡球員 David Low 走過 10 多個國家，包括喀麥隆和蒙古聯賽，並道出親身經歷：「99%喀麥隆足球員是沒有薪水的，或者打了 6 個月只收到 1 個月薪水。我決定前往喀麥隆聯賽是為了增加比賽經驗，早已預料到沒有薪水，如果他們會給你一點錢，像交通和住房補貼，當作是糧餉。」

當我們常聽到球星們會為了加盟心儀的球會無所不用其極，其實更多球員會被迫加盟非自願轉會的球隊，可是，FIFA 多年來視若無睹，當中 82%塞爾維亞承認轉會時身不由己，往往是被經理人和第三方擁有人威迫（Dimitar Berbatov 當年試過被黑勢力影響轉會決定）。同時，報告指球員受到球迷、管理層或敵軍出言威嚇的比例相當驚人，共有 8 個國家達到兩成或以上試過受到威嚇，當中包括蘇格蘭、義大利和巴西聯賽。

足球員的基本生活得不到保障，加上這些問題日積月累，就會慢慢形成打假球的「慢性」誘因。超過四成塞普勒斯球員坦白承認，知悉國內聯賽存在假球問題，18.6%球員曾經受到犯罪組織、隊友、管理層的誘惑；18%馬爾他球員知悉聯賽存在造假，15.5%球員曾受誘惑。假如，FIFA 繼續只顧維穩而不

心滿意足

敢為球員維權，長此下去，後果將會不堪設想，甚至引爆災難性的骨牌效應。

（2018 年 1 月）

34
英超合夥人

文：金竟仔

心滿意足

　　最近上映的《中國合夥人》講述的中國人漂洋過海追尋美國夢，如今英超上則是上演著美國人來到大洋彼岸的英格蘭，對英超聯賽進行淘金。巴基斯坦裔美國商人沙希德汗（Shahid Khan）買下了倫敦的英超球隊富勒姆，前老闆法耶茲（Fayed）號召廣大球迷要耐心，在法耶茲看來，沙希德汗是最有能力從他手上接手球隊從而好好經營，但是廣大球迷需要足夠耐心去等待。如今英超市場各大資本勢力爭相進入英超聯賽。英超聯賽大多數俱樂部都是已經被外資接管，這些足以證明，英超有著足夠的吸引力引來各種資本的投資。

　　前富勒姆老闆法耶茲經營富勒姆這家俱樂部已經有長達十六年時間，當年僅花費三千萬英鎊就買下了富勒姆，如今沙希德汗買下富勒姆則是花費了整整兩億英鎊才擁有富勒姆百分之百的所有權。對於新老闆來說他的任務就是要讓富勒姆能夠穩定的在英超聯賽中待下去，這是新老闆對球迷所做出的承諾。雖然這位老闆比不上富可敵國的阿布拉莫維奇，但是他的身家仍然擁有近十一億英鎊，球隊老闆也絕非平庸之輩。

　　換老闆後富勒姆的第一件事就是穩定球隊，沙希德汗仍然用荷蘭人約爾作為球隊的總教練，不過本賽季預算不多的約爾從羅馬買下了荷蘭國門斯特克倫堡（Stekelenburg）取代施瓦澤，外界並不期望他們可以同其他倫敦球隊一爭高下，但是希望富勒姆可以取得一個合適自己球隊排名的位置。

　　出生在巴基斯坦的沙希德汗，從小最愛的運動是板球，當然了，巴基斯坦地區的人們最愛的運動正是板球。到了他十六

歲時移居美國，然後靠著自己的努力從而致富。另外，他也是NFL 美洲虎隊的老闆。

沙希德汗在美洲虎球迷的眼裡同其他老闆很不一樣，他當時收購美洲虎之後，邀請當地政客和球迷支持著來到自己的遊艇上，請他們給出一系列關於俱樂部的建設性的意見，顯得很親民。同時還決定將美洲虎帶往倫敦比賽，這是擴大自身知名度的一種手段。同時還親自給美洲虎的球迷發電郵告知，自己不會因為收購了富勒姆而減少對美洲虎的投入。

每個老闆收購英超的俱樂部的原因，一部分是希望球探多引進本國球員，為本國的足球發展做出貢獻，無奈巴基斯坦足球實力實在太弱，因此只能作罷。第二則是需要尊重遺忘球隊的歷史，不要擅自改動。前老闆法耶茲則是警告過他，他需要尊重歷史，不要指望拆掉球場前的邁克爾傑克遜雕像，如果他一意孤行，法耶茲會重新回到球隊教育沙希德汗。許多人認為外資的過分湧入對英超危害較大，但是如果外資撤資，一些球隊的情況將會惡化，這正是不能完全抹殺外來投資對於英格蘭足球的貢獻的最佳例子。

俄羅斯人阿布拉莫維奇成為切爾西老闆前，法耶茲則是當時英超唯一一位外來老闆。而且他也實現當初的承諾，帶領富勒姆重新回頂級聯賽。雖然富勒姆多年以來位於聯賽積分榜下游，多以保級為主要目標，但是取得這樣一個成績卻十分不容易。而且在現任英格蘭主帥霍奇森的帶領下，球隊打進了二零一零年歐洲聯賽的決賽，但球隊卻以一比二惜敗給馬德里競技。

心滿意足

　　十年的風雲變化，切爾西依靠著阿布拉莫維奇的投資，從而顛覆了曼聯對於英超的霸權。零三年阿布拉莫維奇用了一點三億收購了切爾西，然後再拿出大批金錢購買球員，這藍色王朝最開始構建的根基，然後接著請來穆里尼奧，開啟了一個藍色王朝。

　　當然凡事也都有例外，英超的球迷大多數討厭美國老闆則是因為曼聯的老闆格雷澤家族（Glazer family）。格雷澤在一九八四年成功賺到第一桶金，購買下了聯合鐵路公司，從而挖到了一個大寶藏。二零零三年格雷澤看到英超的發展之後，逐步購買入曼聯的股票，兩年後才正式提出全面收購，然後曼聯就成為了他們家族的私人財產。然後債務也開始轉嫁到曼聯隊身上，球隊在轉會市場上資金顯得格外缺乏，那幾個賽季球隊所得到獎金全部都用於還債。這使得曼聯球迷十分生氣，從而組織了紅騎士以趕出美國老闆為目標，同時也組建了一支曼市聯。

　　另一個經典的是例子則是利物浦的雙人老闆，吉列（Gillett）和希克斯（Hicks），他們在收購俱樂部的時候為球隊留下了各種美好的願景。但是到後來無一兌現。他們對於俱樂部高層哄騙的手段令人佩服，如果沒有金融海嘯，利物浦的球迷仍然沉迷在美夢中。在上個賽季，英超的外籍老闆越來越多，傳統四大豪門都已經被外資老闆收購成功。同時維拉、南安普頓、桑德蘭、皇家園林巡遊者也都是被外籍老闆收購。英超內本國資本越來越少，任何事情都有積極的一面，要是阿布達比不收購曼城，曼城也拿不到聯賽冠軍，世界各大富豪都想投資英超，當然是有一定的理由。世界經濟目前情況仍然不夠穩定，而英

超則是依舊保持超高的入座率，這給球隊很大的正面反應，同時也使得俱樂部賺得越來越多。像其他幾個聯賽就不一樣了，德甲的電視轉播收入依然是拜仁為核心，西甲主要則是由皇馬和巴薩壟斷，其他球隊難以討到任何便宜。而英超即便是降級球隊收益也不少，保級球隊的收入要超過西甲等中游球隊。球隊贊助商方面，英超同樣遙遙領先，難怪不得英超被人稱為金錢聯賽。

有人會認為為什麼英超投資報酬豐厚，而本土投資者為什麼不投資，首先足球產業想要在短期內有所盈利是不可能的，吸引不到沒有耐心的商人。第二，英國的富豪數量在逐步減少。英格蘭足球有著良好的環境，有很好的國際平臺，如今各支英超球隊夏天則是開展環球之旅，大撈錢財，世界上的球迷們對此則是十分高興。

英超足球的經營模式成為許多國家借鑒，他們的成功道路或許將在以後會影響到更多國家以後在聯賽的經營模式上有所改變。

（2013 年 9 月）

心滿意足

35

《足球小將》
跳出漫畫世界

文：金竟仔

　　經典漫畫《足球小將》歷久彌新，每隔一段時間，便會引發新話題，今年初更是石破天驚，轟動一時。「南葛 SC」實現商業化，正式註冊為「南葛 SC 股份有限公司」，高橋陽一擔任董事長，虛構與現實之間的距離愈來愈少，我們有機會見到「他們」歷史性升上日職角逐嗎？

　　「南葛」是高橋陽一筆下的虛構之地，漫畫的起始點是日本靜岡縣的「南葛市」，但實際上靜岡縣內是找不到這地方，全日本也沒有這個城市，日本人認為是東京葛飾區的南部，也就是高橋陽一的故鄉，其高中就讀當地名校都立南葛飾高等學校。

　　再說一次，日本沒有南葛市、沒有南葛小學、沒有南葛球隊，但 1983 年的另一個平行時間，《足球小將》誕生後，葛飾區一所學校區立常盤中學的畢業生們，自組業餘隊「常盤」，偶爾參加東京業餘聯賽，轉眼 20 多年。

　　葛飾區足球聯盟每周舉行各種青少年、女子和成人業餘賽，2008 年葛飾區計劃走向職業聯賽，目光遠大，把「常盤」列為重點扶持目標，3 年後成立獨立法人「國際足球普及育成會」，提供來自區政府和當地企業的資金支持，第 2 年「常盤」正式改名為「葛飾」。

　　2013 年，葛飾區區長親自出馬，邀請《足球小將》作者高橋陽一，說服為後援會會長，再度易名為「南葛 SC」，一夜間

聲名鵲起，老遠到當地尋回集體回憶。究竟要多久才有機會見證歷史性的一刻？

日本職業足球分成 3 個級別，J1、J2 和 J3 的職業聯賽，實行日職聯牌照制度，3 級別實行升降制，且須符合各個級別的財政要求，即使 J3 聯賽沒有降級，但業餘足球最高級別聯賽擁有兩個升級名額，大前提是須擁有 J3 牌照。2018 年，Honda FC 和 FC 大阪沒持有 J3 牌照，造就八戶雲羅里首次進軍職業聯賽。

職業足球 3 個級別聯賽，配合全國性業餘頂級聯賽 JFL，加上各區有不同的 3 至 6 級聯賽，全日本最多可以達到 10 個級別聯賽。以首都東京而言，當地業餘隊可參加的最高地區級別聯賽是關東地區甲級，等於第 5 級別聯賽。下面是東京社會人甲乙丙丁 4 級聯賽，2018 年分別有 16 隊、42 隊、72 隊、117 隊，組成東京業餘足球聯賽。

東京業餘聯賽可以追溯到 1967 年，大企業向來鼎力支持，冠軍隊的名字有東芝、日立等，而高橋陽一擔任南葛 SC 的後援會會長時，球隊身處第 9 級別聯賽，可見通向職業之路是漫漫長路，也沒捷徑可言。2015 年，南葛 SC 以全勝姿態升級，一個賽季後在 2017 年拿下東京社會人乙級冠軍，升上第 7 級別聯賽，並且大興土木，簽下多名前日本小國腳，包括上賽季愛媛 FC 的 10 號指揮官安田晃大，盛傳高橋陽一不惜親自拜訪，甚至給他免費入住一套新建的房子。

　　第二步，高橋陽一出馬說服退役的球員東山復出，前一年剛退役的 34 歲老將近藤佑介，甚至找來掛靴 10 年的福西崇史離開電視台，穿起南葛 SC 的 10 號球衣。日本人重視幕後陣容，球隊最後組建超豪華教練團，總教練是 7 次帶領高中隊殺入全國大賽的校園名帥向笠實，助教是 J2 披甲逾百場的前球員尾亦弘友希，守門員教練是前小國腳小針清允，盡展雄心勃勃的大志。

　　南葛 SC 去年首次參加東京社會人甲級聯賽，豪取 13 勝 1 和 1 負，狂轟 50 球，大熱封王，從而出戰升級附加賽，可惜在八強敗北，欲速則不達。球隊進行全面改組，向笠實負責青訓，福西崇史再次退役接掌帥印，首批註冊資本 1000 萬日圓成立有限公司，大步向前。前進吧！我們會耐心等待足球小將們升上 J1，期待「大空翼」跳出漫畫世界，讓粉絲夢想成真。

36
穆里尼奧之死

文：金竟仔

「我一向是堅持不虛度一生的，可是一回來我就懂了，我所做的一切都是虛度一生。」引自 Arthur Miller 的經典之作《推銷員之死》。他的自殺，留下了保險金給家人；他的「死亡」，換來了 2000 萬鎊賠償。

「如果一開始你知道是虛度三年，不用問也知道是錯，你仍會過來虛度三年光陰嗎？」穆里尼奧（José Mourinho）逃不過「三年魔咒」，去年聖誕節前黯然告別曼聯，被球評家嘲諷「錯誤的人物、時間和地點結合」。

以勝利為本

上賽季，曼聯在歐冠被塞維利亞淘汰，無緣八強，穆里尼奧嘴巴依舊硬，態度囂張：「我曾經兩次坐在老特拉福德球場的教練席上，一次任教波圖，把曼聯淘汰；一次任教皇馬，把曼聯淘汰，這不是甚麼新奇事。」

到本賽季英超，曼聯慘負熱刺 0:3，穆帥顯然判若兩人，似在掙扎中發脾氣：「你們知道 3:0 的意思？這是 3 個英超冠軍，我拿到英超冠軍總數，比起現任英超其他 19 位主帥總還多，」他舉起 3 隻手指說，說了 3 次「尊重」。曼聯高層在 2016 年夏天，盡量滿足穆里尼奧的要求，但在外人眼中卻是一段「孽緣」的序幕，「我們的陣容不夠好，訓練場不夠現代化。」。管理學上，這種言論對內部士氣並不有利，何況是上任初期，但顯然「狂人」有意借水行舟，向董事局施加壓力，藉此獲得更多的資源和權力。

　　紅魔對穆帥寄予厚望，打算力抗 Guardiola 的霸權，奈何事與願違，曼城上賽季拋離同市死敵 19 分封王，本賽季以 3:1 技術性報捷，活像當年葡萄牙人執教皇馬時，無力抵擋巴薩的關刀一樣。經過 3 個夏天，「狂人」一如既往地燒錢，新援耗資 4 億鎊，被譽為最佳收購的 Zlatan Ibrahimovic 已經離隊，離任前的正選名單上，經常出現一半 David Moyes 和 Louis van Gaal 的舊部屬，這不是自暴其短嗎？

　　賽季前，穆帥投訴高層沒盡力羅致中後衛，矛頭指向總裁 Ed Woodward，嚴肅、認真地批評陣內年輕小將的實力不夠，間接引致更衣室分歧升溫，有主將希望離隊，也拒絕簽下新合同。「鐵桶陣」是標誌性戰術，悶蛋卻能以勝利為本，但勝利沒來臨，一切看來更加糟糕，沒有跡象顯示他要培養、提升球員質素，他要的是馬上能貢獻的球員。

與高層矛盾

　　本賽季雙紅會，利物浦輕鬆以 3:1 取勝，Woodward、David Gill 和 Alex Ferguson 等重量級人物相聚安菲爾德球場，正在討論穆帥的去留，結果已甚囂塵上。大戰後翌日（周一），Woodward 當面與球員溝通，了解他們的想法和心情，早上 9 時，卡靈頓基地草木皆兵。9 點 48 分，球員獲悉「喜訊」，內心並無半點傷感，反而有點脫離苦海的感覺，穆帥沒像前兩任總教練般與球員當面話別，僅數名球員前往辦公室見他，傳聞是 Nemanja Matić、Romelu Lukaku、Ashley Young 和 Marouane Fellaini，可見他不受歡迎，甚至眾叛親離。當日下午兩時，55

179

歲的穆帥被記者拍到在所住酒店飯店內用膳，穿起白色棉布褲和黑色西服，身後是座鋼琴，美中不足的是，智利前鋒 Alexis Sánchez 不在彈奏。不久，助教之一 Ricardo Formosinho 走過來同桌，但兩人對話寥寥，飯後酒店員工向他道別，祝他好運。

穆帥剛愎自用，從來不聽別人勸諫，雪上加霜的是，未成名前一起並肩作戰的副手 Rui Faria 離開，對他打擊沉重，間接使他走進了死胡同。慕尼黑空難 60 周年紀念日，「狂人」我行我素，穿黑色白邊的運動鞋，西服內配上衛衣，漠視儀式的莊嚴，紅魔高層大感震怒。去年 4 月對斯旺西，穆帥忽然安排兒子現身，坐在身旁，恐怕職員同球迷的頭上都出現問號：「到底他想怎麼樣？」

話說回來，紅魔不能抹殺穆里尼奧功績，拿到兩座冠軍，重回歐冠角逐，但本賽季是近 30 年來的最爛的開局，自從去年夏天開始，一而再的「內鬼言論」就引起職球員不滿，同一時間，葡萄牙人對 Woodward 拒絕拿出 4500 萬鎊收購 Ivan Perisic，表達強烈負面情緒，引致無法修補的裂痕出現，埋下了分手的導火線。

與高層鬧翻

去年夏天美國之行，第一場發佈會在加州大學洛杉磯分校，穆帥跟所有英國記者握手，然後在眾目睽睽之下向著電話怒罵，被指是與高層鬧翻。Woodward 本賽季沒能簽下中後衛，反指前兩季已花了 6000 萬鎊購買兩名中後衛，但至今仍未融入球

隊;正當穆帥告訴 Anthony Martial 可以離隊後,Woodward 卻公開表示,有信心與法國人續約,顯見兩人的分歧愈來愈大。

對於穆帥要求簽下 Jérôme Boateng 和 Toby Alderweireld,Woodward 直指前者的受傷情況令人不敢恭維,後者難以用合理價格從競爭對手中搶人,好夢成空。紅魔對熱刺,穆帥用反擊戰術,要求 Ander Herrera 串演中後衛,證明球隊缺乏足夠人選,這絕對是不智的決定。

英國《泰晤士報》披露,紅魔不敵西漢姆聯,士氣跌到前所未有的低谷,穆帥 10 月第一次接近被辭退邊緣,Woodward 最終猶豫不決,重新考慮形勢,並在 11 月的贊助商談判上聽到葡萄牙人的名字,他在商業價值上的叫座力很高,亦出現在宣傳片中,故此暫緩執行易帥的計劃。然而,穆帥 11 月份的公開訪問時,再次點名批評陣中球員包括 Jesse Lingard, Luke Shaw 和 Martial 等缺乏鬥志,再次點起高層的怒火。

穆帥希望擁有弗格森當年的絕對權力,非常討厭紅魔的球探編制,50 多人的團隊,卻錯過了中後衛 Harry Maguire,成何體統?他與醫療團隊也充滿矛盾,上任後要求用電郵交流資訊,雙方超過 18 個月沒有開會;他也不滿紅魔公關部門,做得不夠好,沒能在記者面前表示支持;他對當年的「七小福」信任度不足,與 Woodward 唱反調,認為 Ryan Giggs 跟弟婦發生婚外情,故此決定把後者踢走。

向記者宣戰

為何總是別人的錯，自己卻能獨善其身？莊子所謂「敝精神乎蹇淺」，心思就會平庸，視野也會狹窄。傳聞有紅魔內部人員，在相親時巧合地碰上媒體工作者，透露見面必須保密，害怕曝光後會被辭退，印證在穆帥麾下人心惶惶。名宿 Dwight Yorke 去年 5 月份表示 Guardiola 如帶領同一班球員，可為曼聯贏得英超，穆帥看到報道後馬上要求取消前者的親善大使的職銜，但被曼聯一口拒絕，類似的「越權」行為屢見不鮮。

法國中場 Paul Pogba 當時以打破世界紀錄加盟，易帥後表現煥然一新，重現生氣，但去年夏天穆帥突然取消一次發佈會，指前者從世界盃奪冠後歸隊，狀態需時間回復，而這位紅魔主帥被問到能否阻止曼城衛冕後，卻三緘其口，軍心難受免到動搖。他在上海發佈會上面對 10 名記者，一條問題也沒作答便離去，人人以為他在開玩笑，結果他還是出奇不意地離場，全場靜默，直至被工作人員帶回來。

是不是江郎才盡？但四面楚歌的困局，可說是自己一手造成，穆里尼奧試過在記者面前一直盯住手機，從不把頭抬起來回答問題；也曾接受《天空體育》的採訪時，把手機開著計時器，放在大腿，保證訪問不超過 10 分鐘，以免浪費他的寶貴時間，不斷樹立更多敵人。

到了 2017 年 12 月對曼城，紅魔的正選名單開賽前 24 小時曝光，穆帥要求查出內鬼，最終不了了之。2018 年 10 月 2:2 戰和切爾西，正選名單提前 24 小時在社交網站出現，葡萄牙

人再次大發雷霆。由皇馬到二度執教藍軍，穆帥再三強調有內鬼圖謀作反，到底誰是內鬼？到底有沒有內鬼？

那麼到底穆帥留給紅魔甚麼？他曾說：「曼城今天的陣容不是近兩年才購買的，這就是足球場上的遺產，如果我有一天要離開，下一任總教練仍有 Lukaku、Matić 和 David de Gea，這是我留給繼承者的遺產。」值得一提，穆帥的家始終在倫敦，3 個賽季以來一直住在酒店套房，獨來獨往，是否上任時已立心把自己當成曼徹斯特過客？也對，我們每個人都只是人生的過客，不是嗎？

心滿意足

37
梅西之後抱殘守缺
拉瑪西亞風光不再

文：金竟仔

心滿意足

西甲停擺前的西班牙國家大戰，皇家馬德里的正選名單派遣 Casemiro, Dani Carvajal 和 Federico Valverde 披甲，三人共通點是「愛回家」——Casemiro 在波爾圖上陣 40 場，Carvajal 在勒沃庫森出場 36 次，Valverde 鍛煉了一年。毫無疑問，巴薩青訓近年甚為失色，球王梅西似乎後繼無人，更別提絕殺的 Mariano 也是由巴薩來到皇馬青訓。

巴薩青訓學院坐落於城外工業區一隅，充滿現代氣息，四周被秀麗的花園包圍，人們走進學院大廳，一定會見到梅西捧起 2010 年金球獎，身邊站著同年第二位的 Iniesta 和第三名 Xavi——三人皆產自拉瑪西亞。往前走，任何人都會被一幅大型壁畫迷住，那是 2012 年 11 月 25 日的西甲比賽，以 4:0 大勝萊萬特，場上 11 名球員全部出自拉瑪西亞，其中 7 人為西班牙贏得 2010 年世界盃。那場比賽是拉瑪西亞的史上巔峰，惟一去不復返，或者包括巴薩在內。

已故荷蘭球王 Johan Cruyff 入主之前，一個名為叫 Oriol Tort 的巴薩球探，忽發奇想，向小球員提供「可住宿」的訓練基地，藉此招募巴薩以外的小苗子，宿舍雛型是位於諾坎普球場邊磚瓦農舍建築，也就是 Masia 在加泰羅尼亞語中「農舍」的意思。1988 年前，農舍沉默是金，命運被教父 Cruyff 扭轉，直到 2011 年，學院正式從農舍搬到大樓。

有一日，時任巴薩主帥 Cruyff 觀看青年軍比賽，短短 10 多分鐘，便對青年隊主帥下令：「中場休息時，把那小子換下！」那教練大感錯愕，他再說：「我現在就要把他提升到一線隊。」

對，你猜錯，他就是後來的巴薩隊長、現任曼城總教練 Josep Guardiola。

1992 年，Guardiola 跟隨恩師贏得隊史首座歐冠獎盃，十六年後坐上巴薩帥位，依樣提拔大批青年才俊，冀能承先啟後、薪火相傳。Cruyff 是足球哲學家，強調核心價值是「傳球」，主要訓練方式是猴子搶球，西班牙人叫 Rondo，通常是 5 對 2 的遊戲，5 名球員相互傳球，中間的 2 名球員負責截下皮球——後衛在過程協作壓迫，傳球者學會建立傳球路線。

當 A 球員將皮球傳給 B 球員時，C 球員需要為下一次傳球提前移動，而球員想玩得好，眼睛看的不是皮球，而是抬起你頭來，認清自己和別人的位置，所以 Xavi 也講過：「首先我要學的抬起自己的頭。」或者，體能是重要，惟巴薩永遠不會花太多時間讓年輕人進行無球練習，只有不斷與下一個接球者接觸，足球才具備生命力。

巴薩的選材過程嚴謹，每年至少有一次大型選拔，來自全球 23 個國家 7 至 15 歲小孩子，總共 150 個各展球技，共有 120 人能夠過到首關，然後只有 60 人能夠加入拉瑪西亞。要知道，當中 80%的小將是由 28 名全職球探推薦，單是聘用球探的成本已經不菲，成功者又是寥寥無幾。其次，拉瑪西亞一直實行「20 原則」和「40%規定」，前者的意思是每支梯隊最多只有 20 人，以免人滿之患；後者是青年隊二年級之前所有比賽，每名球員上陣時間不得少於 40%。

　　拉瑪西亞旨在培育球員，培育小孩做個好人，勝負只是次要，而且球員該應該至少踢兩個位置，門將和前鋒的關係不是對立，而是一種互生的關係。前鋒要懂得壓迫，門將是「戴手套的前鋒」，彷彿預言 Manuel Neuer 會在三十年後出現。英國青訓高舉勝利為先，教練嚴謹認真，相反，巴薩教練說話語氣像慈祥神父，就算 Iniesta 和 Xavi 身在異邦，內心依然與「家」連成一線。

　　每個主帥都會把梅西升上一線隊，但不是每個小孩都是梅西，例如身材矮小的 Pedro 一度打算轉戰乙級，若非 Guardiola 給他機會，今日他不會是西班牙國腳，也沒可能去到英超。很多人說 Sergio Busquets 是 Guardiola 的「乾兒子」，事實上，年輕時，他是不起眼的中場，甚至被 Luis Enrique 棄用，原因是速度不高、動作緩慢。今日，Busquets 依然是巴薩的呼吸機，贏過無數榮譽。

　　過去十年，唯一一名立足一隊的拉瑪西亞學員只有 Sergi Roberto，今日是 27 歲的 4 號隊長，但卻不是絕對主力。人們期待 17 歲的 Ansu Fati 和 20 歲的 Riqui Puig，但前景不算樂觀，而 22 歲的 Carles Pérez 已經率先跳船，目前租借到義甲的羅馬，料將被買斷，頭也不回。他自 14 歲加入巴薩，在短短一年時光嘗到成功的滋味，由一線隊、進球到續約，以為前途無限風光，卻突然被租借到其他地方，問也沒問他的意見。

　　弔詭的是，巴薩減少使用拉瑪西亞，不代表拉瑪西亞的水平下降，本季五大聯賽有 34 名球員出自拉瑪西亞，僅僅少於

皇馬青訓。目前為止，30 歲以下的知名拉瑪西亞產品，實非貝蒂斯中衛 Marc Bartra、阿賈克斯門將 André Onana 及阿森納邊衛 Héctor Bellerín，但實力和成就也難跟 Gerard Piqué 和 Sergio Busquets 相提並論。成長自 Tiki-Taka 的球員，很難適應其他風格？

2018 年 4 月 18 日，巴薩對塞爾塔，雪藏了梅西等球星，排出一套「沒有拉瑪西亞」的正選陣容，那是相距十六年來的頭一次。全球一體化，好的東西自然多人模仿，拉瑪西亞的獨特性逐漸消失，與加泰羅尼亞一山之隔的法國，當年也拒絕身材矮小的球員，如 14 歲的 Antoine Griezmann 被 6 支法國球隊拒之門外，N'Golo Kanté, Franck Ribéry 等也有類似經歷，相信這種情況今日不會歷史重演。誠然，有沒有人能為拉瑪西亞再次注入破格思維呢？

心滿意足

38

Jack Charlton
的堅韌一生

文：金竟仔

在英格蘭，曼聯名宿 Bobby Charlton 受到萬人景仰；在愛爾蘭，里茲聯傳奇 Jack Charlton 才是英雄。論名氣，年輕兩歲的 Bobby 榮譽較多，略勝一籌，但論個性，與愛爾蘭結下不解緣的哥哥 Jack 實有過之而無不及。

多年來，愛爾蘭國家隊的實力難跟英格蘭媲美，直至 1990 年世界盃前，從未晉身決賽圈。相反，三獅軍團英格蘭在 1966 年首嘗世界冠軍滋味，Jack 和 Bobby 兩兄弟都在陣中。除了蘇格蘭之外，愛爾蘭同樣討厭英格蘭，1966 年世界盃之後，內心當然不是味兒。

其實，Jack 於 1973 年掛靴後，曾經希望申請成為英格蘭總教練，到頭來連面試機會都沒有，於是先在球隊任職，教完米德斯堡、謝周三、紐卡索聯，終在 1985 年等到機會，成為愛爾蘭國家隊主帥。上任後的第一件事，他就廣招英格蘭球壇效力的愛爾蘭人，當時被目中無人的英格蘭球評揶揄為「The Plastic Paddies」。

世事如棋，1988 年歐洲盃首戰，愛爾蘭爆冷以 1:0 小勝英軍，Jack 不僅把十多年的悶氣一吐而出，更讓愛爾蘭人全國歡騰。兩年後的世界盃，愛爾蘭首次打進決賽圈，小組賽三戰皆和，擲公仔力壓荷蘭晉級，互射 12 碼險勝羅馬尼亞，殺入八強。

三十年過去，已是愛爾蘭在世界盃的最佳戰績。四年後，Jack 麾下的愛爾蘭陣容老化，仍能打進世界盃決賽圈，惜在次

圈止步。Jack 任教愛爾蘭長達十年，成為最受愛爾蘭人歡迎的英格蘭人，而他即使是 1966 年世界盃冠軍功臣，卻甚少公開談論冠軍史，反倒喜歡把愛爾蘭的成功掛在嘴邊。

上陣不談兄弟情，Jack 和 Bobby 來自基層家庭，父親不過是一名礦工。弟弟在曼聯出道，在哥哥眼中已是「背叛」了家庭階級，加上當時「白玫瑰」和「紅魔鬼」是世仇，故此兩兄弟感情向來不太好。1996 年，兩人年紀一把，Jack 批評弟弟沒在母親臨終時探望她，之後二十多年也沒有見面。2018 年，Bobby 榮膺 BBC 年度最佳體育人獎，兩人化干戈為玉帛，Jack 親手頒獎，並謂：「他是我認識的最偉大球員，而他是我的弟弟。」

回首從前，Jack 出道前約 15 歲左右做過礦工，因此一輩子也是工黨的支持者。上世紀七十年代，政治仍未入侵足球，英格蘭足壇中人甚至公開個人政治立場，惟這位中衛就公開譴責右翼，更在 1984 年礦工大罷工時，公開支持打工族，「如果我仍是礦工，我一樣會參加罷工。」

今年 7 月份，6 呎 1 吋半的 Jack Charlton 魂歸天國，享年 85 歲，舊東家里茲聯剛好在本賽季鎖定英超席位，相隔十六年重返頂級聯賽，總算是一種美麗的巧合。

心滿意足

39
自傳風雲

文：金竟仔

　　七十一歲的弗格森（Ferguson）最近可是老當益壯，最近推出了個人新書《我的自傳》（《My Autobiography》），一推出市場就爆個滿堂紅，馬上成為各大媒體轉載的最新獵物，新書的內容也是涉及多宗曼聯隊內的內幕和秘聞，同時這也被指借舊部下作為新書的賣點。不過爵爺淡然回應道：「出這本書的目的是讓球迷知道一些重大決定的來龍去脈，這本書想讓球迷瞭解到執教一支全世界最大的球會並非易事。」弗爵爺所說的一字一句，這也足夠如今坐在曼聯帥位上的莫耶斯好好學習。

　　弗爵爺新推出的自傳《我的自傳》，在英國開售只是一星期，銷售行情超出預期想像，以十一萬五千五百四十七本打破了自一九九八年來非小說類別的最暢銷紀錄。躍升至排行榜第一：新書頭一周銷量占全英國書籍總銷售的百分之五之多，銷售額也是高達一百四十萬英鎊。而史上第二位是英國最受歡迎女廚師史密斯（D.Smith）的烹飪書《How to cook-book two》，售出十一萬二千本，第三位是前英國首相布萊爾（T.Blair）的《A Journey》，售出九萬二千本。

　　有趣的是，第四位同樣與足球有關，同時也與爵爺有關，那就是弗格森的超級巨星徒弟貝克漢（D.Beckham），推出的《我的立場》（《My side》），不過顯然徒弟仍然贏不了師父，兩書的首周銷量相差近三萬本，萬人迷又如何？英國確實是一個足球狂熱的國度，球員和總教練的自傳類型書籍總是令書迷愛不釋手，在這裡也是不放回顧一下當中比較轟動的幾本：

　　二零零二年，尚在曼聯的惡漢隊長基恩推出了自傳《Keane: The Autobiography》，馬上被球迷一窩蜂搶購，與一般球員自傳不同，基恩貫徹場上得罪人多的習慣，自傳的內容也是多番惹火，幾乎涉及身邊任何人和事，當中包括弗爵爺在內，君子坦蕩蕩，基恩也對昔日在場上的個人惡行毫不掩飾，甚至承認自己蓄意侵犯前曼城球員哈蘭德（Haaland），導致後來被罰停賽五場以及十五萬英鎊，英足總利用球員的自傳作為處罰球員的證據，可謂是開創新河。

　　一九九九年，弗爵爺已經推出過一本自傳《Managing My Life》講的是從東斯特林郡到如何重新培養曼聯，喚醒了沉睡的巨人，從而成為叱吒風雲的世界強隊。讀者細嚼內容之後，絕對會感受到弗格森是全世界歷史上最強的總教練。爵爺把四十年來的人和事逐一說出，對前主席、前球員和前手下不留情地加以批評，而當時身邊的助手吉德（Kidd）也是受害者，說不定這本自傳也是加速兩人分手的原因之一。

　　此外，英格蘭足壇兩位教父級主帥克拉夫（Clough）和香克利（Shankly），也曾推出震撼世界的自傳。一九九四年，克拉夫推出的《Clough: The Autobiography》，較之後的版本《Walking On Water》更像水中炸彈，激起千層浪，尤其是挪揄紅極一時的凱文基岡（K. Keegan）和爆料出英足總拒絕讓克拉夫執教三獅軍團，更在紅軍球迷的希爾斯堡慘案上撒鹽，這些都引起了軒然大波，看過這些之後，讀者肯定不會因為這些而喜歡上這位一代名帥，但是肯定會印象深刻，記憶猶新。

　　而前紅軍主帥香克利，因其所締造的利物浦王朝被視為「上一個弗格森」，早在一九七六年已推出自傳《香克利：我的故事》（《Shankly: My Story》），文筆亦極富文學性和書卷味。開篇甚至聞不到半點足球自傳的味道，直至「言歸正傳」談論足球，細數紅軍盛世的每一個細節；我們感受到的是從一個男孩長大到一個男人的故事，香克利的真情告白，暗示紅軍高層過河拆橋，被迫離開球隊，傷到痛徹心扉，難怪當年利物浦曾經試圖禁止《我的故事》出版，絕對是每一代利物浦球迷應該知道的歷史。

40
憶「戰艦 1.0」之一

文：金竟仔

心滿意足

　　皇家馬德里目前在西甲聯賽榜一路領放，大家還記得當年的「巨星+青訓」政策嗎？十多年過去，青訓產品在今天銀河戰艦陣中，依然是掙扎求存。

　　回想「六條 A」年代，主力陣容大概是這樣：羅納度（Ronaldo）、菲戈（Luís Figo）、席丹（Zinedine Zidane）、卡洛斯（Roberto Carlos）、勞爾（Raúl）和貝克漢（David Beckham），配合 Paco Pavon、Raul Bravo、卡西亞斯（Iker Casillas）、坎比亞索（Estaban Cambiasso）和薩加度（Míchel Salgado），有說把當年的用人方針稱為「Zidane + Pavon（或 Bravo）政策」，即為了羅致巨星回巢，不惜削弱板凳的深度，同時利用青訓產品來保持「本土意識」。

　　2003 年，皇馬放棄洽談其貌不揚的羅納迪尼奧（Ronaldinho），不顧陣中擁有世界足球先生菲戈，勉強引入萬人迷貝克漢，同一個夏天，卻把中場「補腦丹」馬克萊萊（ClaudeMakelele）轉售予英超的切爾西。貝克漢大部份時間不在擅長的右中場位置，嚴重打亂了攻守結構，特別是當年的中場線整體上缺乏防守效率，以致防線往往疲於奔命。

　　起初，主席 Perez 上任的政綱就是「每年一星」，滿足胃口愈來愈大的球迷，頭一年的確奪得西甲，之後更豪取歐冠、歐洲超級盃及豐田盃，接著再贏西甲和西超盃，但被視為前途無限的 Pavon 卻是無數青訓犧牲品之一。他是一名年輕中衛，自 01 年擢升到一隊後，上陣時間與日俱增，但當銀河艦隊遊

走世界宣傳品牌時，管理層再也沒想過培育本土年輕人，而是湊一湊數量而已。

談到同胞馬克萊萊，當年的席丹說過：「當賓利失掉引擎，車身再鍍金也是徒勞無功。」由 03 至 06 年的三個賽季，球隊無法再染指國內冠軍，似乎「Zidane+Pavón 政策」兌現不了冠軍承諾。皇馬提拔年輕人後，往往置之不理，偶爾上上陣，亮亮相，從來不會被委以重任，一旦遇到好價錢，馬上高沽換現金，再吸納更多巨星，身在尤文圖斯的莫拉塔（Alvaro Morata）便是明證。

那個青訓迷失年代，皇馬右後衛 Oscar Minambres、左後衛 RaulBravo、中衛 Pavon，還有 Ruben, Alvaro Mejia, Borja Fernandez 和前鋒 Javier Portillo 悉數被大海捲走。最簡單的例子是 RaulBravo，如何努力也不能動搖「左腳王」寶座，被迫適應不習慣的中後衛，自然成為防線眾矢之的的「罪魁禍首」。

曾到英超的 Bravo 共為國家隊上陣十四場；Ruben 曾效力多支西甲隊，包括桑坦德、塞爾達、馬洛卡等；Mejia 及 Borja 曇花一現，最後各散東西，前者遠赴法國、土耳其、希臘以至卡達，後者則到了巴亞多利德出任正選。鋒線上，被視為勞爾接班人的 Portillo 在青年隊是進球殺手，打破勞爾的舊記錄，到了西甲第一個完整賽季打進十四球，絕對有所交代，故事卻在後來調頭向下。

第二季，他的射門不再靈光，賽季結束後借到義甲的佛倫提拿，信心崩潰，之後被轉到比利時，最後永久轉會塔拉戈納

體操，一度在西乙浮浮沉沉，現效力西乙的埃爾庫萊斯，令人感慨。曾經是 FM 猛虎的 Minambres，嚴重受傷導致二十六歲掛靴，目前靜心轉型為煙草商人。

Pavon 呢？「戰艦 1.0」海報上，他會是其中之一，代表青訓力量。在這位本地人打入一隊的賽季，球隊成為歐洲冠軍，但他在決賽的板凳上坐了九十分鐘。五年過去，Pavon 上陣逾百場之後，發覺自己虛度了光陰，不時在沒意義的賽事披甲，又或被安排在「垃圾時間」進場，後來轉投薩拉戈薩，最後前往法甲的阿維尼翁，與老隊友 Mejia 重聚，齊齊在輝煌的戰艦史中蒸發。

2009 年，老佛爺回歸皇馬，繼續沿用巨星政策，把帥哥球星帶來艦隊，首先打破世界紀錄簽下大紅人 C 羅，之後又到巴西球星卡卡。不同的是，球隊已經粒粒皆星，毋須再用掩眼法。老佛爺以星換星，出售阿隆索（Xabi Alonso）及迪馬利亞（Angel Di Maria），騰出空位給克洛斯（Toni Kroos）及羅德里格斯（James Rodriguez），先考慮市場，再讓安切洛蒂（Ancelotti）去思考戰術問題，把全隊煮成好看又飽肚的大餐。幸好義大利人上任以來做得非常出色，去季拿下第十座歐冠獎盃。

事實上，皇馬的青訓水平可圈可點，甚至達到西班牙「一級認證」，馬競的右後衛胡安法蘭（Juanfran）和曼聯中場馬塔（Juan Mata）證明他們只是缺少機會。之後，球隊精明了，出售青訓時會加上「回購」條款，以便日後買回自己的 BB，像今日的右後衛卡瓦哈爾（Dani Carvajal）便曾效力勒沃庫森兩

年。當「艦隊 2.0」希望赫塞（Jese）能夠大放異采，天意弄人，巴西世界盃前左膝十字韌帶撕裂，緣盡決賽圈。再過五年，皇馬的青訓產品能夠闖出生天嗎？不太樂觀。

國家圖書館出版品預行編目資料

心滿意足 / 戴沙夫、嘉安、華希恩、金竟仔　合著. —初版.—
臺中市：天空數位圖書　2021.06
　　面：14.8*21 公分
　　ISBN：978-986-5575-35-9（平裝）

863.57　　　　　　　　　　　　　　　　　110009855

書　　　　名：心滿意足
發　行　人：蔡秀美
出　版　者：天空數位圖書有限公司
作　　　者：戴沙夫、嘉安、華希恩、金竟仔
編　　　審：非常漫活有限公司
製 作 公 司：小馬工作室有限公司
美 工 設 計：設計組
版 面 編 輯：採編組
出 版 日 期：2021 年 06 月（初版）
銀 行 名 稱：合作金庫銀行南台中分行
銀 行 帳 戶：天空數位圖書有限公司
銀 行 帳 號：006-1070717811498
郵 政 帳 戶：天空數位圖書有限公司
劃 撥 帳 號：22670142
定　　　價：新台幣 360 元整

電子書發明專利第　Ⅰ　306564　號

紙本書編輯印刷：
電子書編輯製作：
天空數位圖書公司　E-mail：familysky@familysky.com.tw　http://www.familysky.com.tw/
地址：40255台中市南區忠明南路787號30F國王大樓　Tel：04-22623893　Fax：04-22623863